Thomas Steinfeld

Die Kunst der verlorenen Zeit

Zur Lage der klassischen Musik

Es ist nicht lange her, da war die klassische Musik eine repräsentative Kunst, und selbst wer nur selten zu ihrem Publikum gehörte, hatte doch ein Verhältnis zu ihr, zumindest wenn sie in Gestalt von Neujahrskonzerten, offiziellen Trauerfeiern, Eurovisionssendungen und nationalen Festveranstaltungen, von *Freude, schöner Götterfunken* oder *Winterreise* oder *Toccata und Fuge in d-Moll* daherkam. Ein Dirigent wie Herbert von Karajan, ein Geiger wie Yehudi Menuhin, Pianisten wie Vladimir Horowitz oder Artur Rubinstein, Sänger wie Alfredo Kraus, Dietrich Fischer-Dieskau oder Birgit Nilsson waren im öffentlichen Bewußtsein präsent, und das nicht nur, weil sie die Schwelle zur Prominenz übertreten hatten. Sie traten als Erben der großen bürgerlichen Tradition des 19. Jahrhunderts vor ihre Zuhörerschaft, als Repräsentanten einer großen, die ganze Gesellschaft umfassenden Idee von Musik. Göttergleich, von keinem persönlichen Makel gezeichnet, schienen sie auf der Bühne wie im Leben zu stehen, wahrhaft öffentliche Gestalten. An ihrem Anspruch gab es daher keinen Zweifel: In ihnen artikulierte sich ein Bündnis zwischen der klassischen Musik und einem großen Publikum, und konfirmiert wurde dieser Pakt durch die mediale Präsenz dieser Musik, durch die Schallplatte, das Radio und den Fernseher. Von und in dieser Allgemeinheit lebten zahlreiche Musiker, Institutionen wie die Berliner Philharmoniker und die Philharmonia Hungarica, Plattenfirmen wie die Deutsche Grammophon oder RCA Victor, und es glänzte damit schließlich auch die Musikkritik in den großen Zeitungen.

Jetzt gibt es die Philharmonia Hungarica nicht mehr, die RCA Victor, die Stimme seines Herrn, ist nur noch ein Label in einem Konzern, und wenn einer stirbt, gibt es anstelle eines Largo ein Lied wie *Bridge Over Troubled Water* zu hören. Als im vergangenen Jahr Sony Music mit BMG, der Musikbranche von Bertelsmann, fusionierte, war bei den Verhandlungen von den klassischen Programmen der beiden Unternehmen nicht einmal die Rede – sie standen für einen zu geringen Teil des Umsatzes. Die berühmteste Schallplattenfirma für das klassische Repertoire, die Deutsche Grammophon, leidet beständig vor sich hin, und gäbe es nicht die Hörbücher, so ginge es ihr zum Sterben schlecht. Große Firmen, die vor einigen Jahren hundert Aufnahmen pro Jahr publizierten, veröffentlichen jetzt nur noch zwei Dutzend. Andere werden ebenso zusammengelegt wie die Klassiksender des öffentlich-rechtlichen Rundfunks, mit allen Verkürzungen und Popularisierungen der Programme, die solche Vereinigungen zur Folge haben. Zwar mag es so aussehen, als setze sich in Simon Rattle oder Kent Nagano die Tradition des Dirigenten als Repräsentant einer großen Idee von Musik fort. Aber sie sind anders, keine geistigen Führer, keine Träger eines in heiligem Ernst zur

Kunstideologie erhobenen Stils, sondern Agenten von Sensationen, die nicht zuletzt das Fernsehen schafft – und Simon Rattle ist nicht umsonst auch als Pädagoge beliebt und bekannt geworden. Die Musikkritik der großen Feuilletons schließlich hat den Übergang auf die Generation der jetzt Dreißig- oder Vierzigjährigen fast nur in ihrer Verkleinerung zur Spartenkritik und zur Trendmeldung überlebt. Zu Recht spricht sie jetzt vom Publikum der klassischen Musik, von ihrer eigenen Klientel mithin, als von den »Fans«, als ginge es diesen nicht anders als den Liebhabern von Fußballmannschaften oder alten Sportwagen – Theodor W. Adorno hätte dieses Wort, es angewidert mit den Fingerspitzen fassend, umgehend in den Abfalleimer für die Warenkultur befördert.

Der Niedergang des Marktes für Schallplatten mit klassischer Musik rührt nicht nur daher, daß die wenigsten Hörer eine dritte oder siebte oder fünfzehnte Gesamteinspielung von Beethovens Symphonien benötigen. Er beruht auch darauf, daß das große Publikum gar keine Einspielung irgendeiner Symphonie mehr haben will. Es sind nicht nur zunehmend weniger Menschen da, die Wilhelm Furtwänglers oder Otto Klemperers Einspielung von Bruckners *Vierter Symphonie* mit Claudio Abbados oder einer noch neueren vergleichen möchten – und wozu sollte ein solcher Vergleich auch gut sein, wenn am Ende doch nicht die Idee eines Richtigen, sondern allein eine Beschreibung des vielfältig Vorhandenen stehen könnte? Vielmehr scheint die klassische Musik überhaupt aufzuhören, eine allgemeine Kunst zu sein. Falls sie das je war. Ihre Demokratisierung, die im späten 18. Jahrhundert mit dem öffentlichen Konzert begann und gut hundertfünfzig Jahre später, nach dem Zweiten Weltkrieg, in den technischen Medien ihren Höhepunkt erlebte, ist jedenfalls an ihre Grenzen gestoßen und wird allmählich revidiert.

Von vornherein hatte sich nur ein kleines Publikum eingefunden, um den vermeintlich irreversiblen kompositorischen Fortschritt von der tonalen zur atonalen Musik nachzuvollziehen. Die musikalische Avantgarde wurde fast ausschließlich von darauf spezialisierten Rezipienten wahrgenommen, und im Unterschied zur Avantgarde in der bildenden Kunst blieb sie auch in diesen Kreis von Eingeweihten eingeschlossen. Die neue »ernste« Musik unserer Tage mag zwar, mehr oder weniger, zu Tonalität und stetem Puls zurückgekehrt sein, mag in der Rückkehr zur musikalischen Tradition vor der Wiener Schule einen neuen Anfang gesucht haben – gegen das Bewußtsein eines abgeschlossenen Repertoires in der klassischen Musik kommt auch sie nicht mehr an. Und es ist, als ob sich über die Schwelle der Atonalität zurück in die Geschichte das Spezialistentum ausdehnen würde. Denn so, wie das klassische Repertoire in der Musik als mit der Wiener Moderne vollendet erscheint, ist zumindest ihre Reproduktion auf Tonträgern offenbar an einem ebenso zeitlichen wie systematischen Ende angekommen. Auch ungewöhnliche, prominent besetzte, mit hohem Aufwand vorbereitete Konzerte werden nicht mehr dokumentiert. Aufführungen von Opern werden wegen der hohen Produktionskosten schon gar nicht für die Nachwelt aufbewahrt, und die Firma Naxos, eines der wenigen noch erfolgreichen, weil billige Schallplatten vertreibenden Labels für klassische Musik, zahlt ihren oft aus osteuropäischen Ländern stammenden Künstlern zwar noch ein Aufnahmehonorar – verlangt von ihnen aber dafür den Verzicht auf das Urheberrecht.

Der Feststellung, daß die klassische Musik in den technischen Medien verschwindet, widerspricht ein anderer Befund: Die Konzerte sind kaum leerer, als sie vor zwanzig oder dreißig Jahren waren – jedenfalls solange bekannte Namen annonciert und keine nach 1920 komponierten Werke aufgeführt werden. Nach wie vor gibt es immer wieder ein enthusiastisches Publikum für leibhaftig dargebotene Musik. Es ist vielleicht alt und nicht repräsentativ für eine ganze Gesellschaft, aber es ist da, und es findet offenbar zunehmend Gefallen daran, seine Musik auch inszeniert zu bekommen. Das heißt zunächst einmal nicht mehr, als daß zur Musik eine eigene Umgebung geboten wird, ganz gleich, ob es dabei um die Aufführung von Renaissancemusik in Originalkostümen, die Festspiele in Bayreuth oder um eine Einführung durch Joachim Kaiser geht. Jedesmal erscheint die musikalische Darbietung in eine Veranstaltung eingebettet, durch die sie erhöht und gefeiert wird. Zur Musik wird ein eigener Rahmen geschaffen. Lange Zeit schien es, als sei eine solche Umgebung, wie sie vor dem Zeitalter der technischen Medien in anderer Form – als Fest, Feier, besonderes Ereignis – durchaus selbstverständlich war, nicht mehr nötig. Aber nun scheint das Umgekehrte der Fall zu sein: Die Bindung der Musik an die leibhaftige Veranstaltung sorgt auch dafür, daß man die exemplarische Einspielung, die Gegenwart der Musik für die Allgemeinheit, vermittelt durch Rundfunk und Fernsehen, nicht mehr braucht. Sie soll wieder ohne technische Vermittlung sichtbar sein, und es wird offenbar immer deutlicher, den Musikern wie den Hörern, daß die Schallplatte das Ereignis der Musik radikal verändert.

Die musikalische Klassik, und das heißt vor allem: die Musik des 19. Jahrhunderts, ist also nicht mehr allgemeine Kunst, als die sie zwischen der Einrichtung der großen Konzertsäle und dem Beginn des modernen Festivalwesens auftreten konnte, sondern erscheint zunehmend als partikularisiert, als Veranstaltung einer Gemeinde für eine Gemeinde. Als Sparte mit einem endlichen, historisch abgeschlossenen Repertoire unterscheidet sie sich dabei prinzipiell weder vom Dixieland-Jazz noch vom Artrock der frühen siebziger Jahre – auch diese sind, wenn nicht vergessene, so doch zumindest arg verblaßte Künste. Von diesen vergangenen, aus der Öffentlichkeit verschwundenen, allenfalls in mehr oder minder kleinen Zirkeln fortlebenden Unternehmungen erhebt sich die klassische Musik ökonomisch nur dadurch, daß sie hierzulande staatlich subventioniert wird, und zwar in allen Bereichen und Varianten, in der Ausbildung, in der Darbietung und in ihrer Verbreitung. Opernhäuser und Symphonieorchester sind mittelständische Unternehmen, vergleichbar nur den großen Museen. Und doch ist es mittlerweile so, als lebe in diesen Einrichtungen eine demokratisierte Vorstellung von klassischer Musik fort, die durch den tatsächlichen Umgang mit dieser Kunstform nicht mehr gedeckt werden kann.

Die klassische Musik ist die einzige Kunstform, der es so ergeht, und sie ist die einzige, wie es scheint, der es je so gegangen ist. Weder in der Literatur noch in den bildenden Künsten gibt es diesen doppelten Abschluß eines Repertoires wie seiner Reproduktion – ja, vielleicht ist hier, nicht in der Aufführungspraxis, aber in ihrer medialen Aufbereitung, zum erstenmal ein historisches wie systematisches Ende einer Kunstform erreicht worden. Das allegorische Theater des 18. Jahrhunderts, der realistische Roman des 19., die expressionistische Lyrik – nichts von alledem ist der gegenwärtigen Literatur fremd, und das meiste wird fortentwickelt. Die Werke der Vergangenheit werden in aufwendigen Ausgaben weiter ediert, viele von ihnen mit bescheidenerer Mühe in volkstümlichen Ausgaben gedruckt und einige sogar gelesen. Auch die Malerei längst verflossener Zeiten lebt fort, nicht nur in den Techniken und Motiven der gegenwärtigen Kunst, sondern auch darin, daß die Kunstgeschichte, der historische und ästhetische Kommentar zu Werken der Vergangenheit, in den vergangenen Jahrzehnten auch in der Öffentlichkeit zu einer der beliebtesten Geisteswissenschaften wurde.

Die vielen großen, erfolgreichen Ausstellungen der jüngsten Zeit belegen darüber hinaus nicht nur, daß sich bildende Kunst immer wieder neu in ein aktuelles Ereignis verwandeln läßt, sondern daß sie sich auf ein im Kern ungebrochenes Interesse eines großen und sich immer wieder erneuernden Publikums verlassen kann. In der klassischen Musik aber gibt es offenbar weder die großen, bleibenden Editionen noch die neuen Leser, weder die von Millionen besuchten Ausstellungen noch die lebendige Tradition. Als repräsentatives, in weiten Teilen der Gesellschaft gegenwärtiges Genre wird sie, setzt sich ihre gegenwärtige Entwicklung noch zwei oder drei Generationen fort, zu den toten Künsten zählen, vergleichbar dem Pyramidenbau oder der silbenzählenden Metrik – und bald vielleicht dem Drama, auch dies eine Zeitkunst, die zudem in einer ähnlichen Spannung zwischen Text und Aufführen lebt.

Woran liegt das? Am Verhältnis zwischen einer Kunstform und ihren Dilettanten und Amateuren, möchte man meinen, daran, daß die klassische Musik im Laufe von kaum mehr als hundertfünfzig Jahren, von Johann Sebastian Bach bis zu Johannes Brahms zu einer immer höheren, immer komplizierteren, aber auch immer einsameren Kunst wurde. Denn setzte die symphonische Musik des 19. Jahrhunderts nicht das häusliche Klavierspiel voraus, den enthusiastischen Adepten, der sich, in Ermangelung aller Einrichtungen der technischen Reproduktion, selbst an sein Instrument setzte – so wie Hanno Buddenbrook an das Harmonium – und sich ein Orchesterwerk anhand einer Adaptation nachspielend erschloß, gern auch vierhändig, im Zusammenspiel mit anderen? War nicht ein großer Teil der Instrumentalmusik des bürgerlichen Zeitalters geschaffen, um auch im privaten Rahmen und mit unzureichenden Mitteln aufgeführt zu werden? Und trifft es nicht zu, daß die klassische Musik, um halbwegs angemessen verstanden zu werden, ein technisches Wissen auch bei ihren Rezipienten voraussetzt, im Unterschied zu allen anderen Künsten, eine Kenntnis der elementaren Strukturen, der Tonarten, Zeitmaße und wichtigsten Akkordfolgen, der Traditionen und Anforderungen?

Bis heute jedenfalls operiert die feuilletonistische Musikkritik mit Registern, Traditionen und Abbreviaturen, die auch beim Leser eine große Vertrautheit mit dem klassischen Repertoire verlangen. Und vielleicht ist es ja tatsächlich so gewesen, daß die steigende Qualität und wachsende Verbreitung der technischen Reproduktionen, die leichte Verfügbarkeit von großer Meisterschaft in getreuen Aufnahmen dem musikalischen Dilettanten und Amateur zuerst zum Hindernis und dann zur unüberwindlichen Qual wurde – wer schließlich würde sich auf Dauer in der Unvollkommenheit des Dilettantismus einrichten wollen, wenn die Vollendung anderer mit dem Druck auf eine Taste zur Verfügung steht, wenn anstatt der achtundachtzig Tasten eines Klaviers nur die eine des CD-Spielers zu bedienen ist? Auffällig ist jedenfalls, daß junge Musiker heute, wenn sie ihr Instrument beherrschen, gleich und unmittelbar in die Professionalität drängen.

Die im weitesten Sinne mimetischen Künste, und mögen sie noch so phantastisch, unwahrscheinlich oder gar ungegenständlich daherkommen, bedürfen solcher Voraussetzungen in weit geringerem Maße als eine Kunst, die allen eindeutigen semantischen Bindungen enthoben und insofern von Grund auf surreal ist. Die mimetischen Künste werden auch von Menschen geschätzt, die selbst weder in der Malerei noch in der Literatur dilettieren. Sie können sich, auch um als große Kunst erkannt zu werden, auf Welterfahrung und Wahrnehmung ihrer Rezipienten verlassen, so sehr zumindest, daß sie sich über den gleichzeitig mit dem Niedergang des dilettierenden Kammermusikers und Klaviersolisten eintretenden Verlust des Briefeschreibers, des Reimeschmieds, des Freizeitaquarellisten und Gelegenheitszeichners leicht hinwegzusetzen vermögen – ja, wenn es denn überhaupt die zunehmende Abwesenheit der privaten Kunstherstellung gewesen wäre, was den Niedergang der klassischen Musik so befördert hätte. Denn tatsächlich gibt es in allen Künsten Formen künstlerischer Meisterschaft, die sich ohne dilettierendes Gegenüber behaupten – schon weil das klassische Repertoire nicht nur aus Klavierstücken und Streichquartetten in mittleren Graden der Schwierigkeit besteht. Eine Hausmusik mit Fagott oder Gambe ist jedenfalls ebenso selten wie eine expressionistische Romankunst, die aus lautem Vorlesen in kleinstädtischen Wohnzimmern hervorgegangen wäre.

Das Wechselspiel von Meisterschaft und Dilettantismus mußte in der Musik aber auch deshalb so eng sein, weil Musik Zeitkunst ist und sich, solange keine technischen Medien zur Verfügung standen, mit ihrer Aufführung verzehrte – sie war die einzige Kunstform, die allein im Ereignis aufging, die nur punktuell wahrzunehmen war, an einem Ort, zu einer Zeit, in einer einmaligen Konstellation von Musikern und Zuhörern. Die Reproduzierbarkeit des Ereignisses schafft daher überhaupt erst die Möglichkeit eines allgemein durchgesetzten Repertoires – zuerst praktisch und handwerklich, in der Ausbildung eines historischen Katalogs immer wieder gespielter und immer wieder zu spielender Musik, die öffentlich dargeboten wird, dann technisch, in der Entwicklung geeigneter Speichermedien. Noch bis in die zwanziger Jahre des 19. Jahrhunderts bestand das Programm eines beliebigen Orchesters ausschließlich aus der Musik seiner Zeitgenossen. Dann führte Felix Mendelssohn Bartholdy 1829 die *Matthäuspassion* von Johann Sebastian Bach auf, und eineinhalb Generationen später lieferte die Vergangenheit schon zwei Drittel der Stücke, aus denen sich eine durchschnittliche musikalische Darbietung in der Öffentlichkeit zusammensetzte, und dieses Repertoire wurde, mit einem gewaltigen pädagogischen, logistischen, architektonischen Aufwand, bis in die hintersten Winkel der Provinz getragen. Die Musik ist mit weitem historischen Abstand die jüngste Kunst, die je einen Kanon herausbildete. Den anderen Künsten zieht sie um Jahrhunderte, wenn nicht Jahrtausende hinterher. Vielleicht ist es daher nur angemessen, wenn ein klassisches Repertoire, das spät ins allgemeine Bewußtsein drang, sich daraus auch früh verabschieden muß – und bis es das endgültig tut, tröstet sie eine zunehmend kleiner werdende Gemeinde allein schon dadurch, daß sie das Meistgeliebte als immer wieder neu einsetzenden Zyklus erfahren darf.

Es gibt viele hervorragende jüngere belletristische Werke, deren Autoren sich in ihrer Arbeit dem Werk eines älteren, oft längst verstorbenen Schriftstellers verpflichtet sehen. Sie entfalten ein literarisches Bekenntnis zu Émile Zola auch im praktischen Sinne, oder eines zu William Faulkner oder eines zu Alfred Döblin. Und läßt man sich ein auf den mittleren Roman, auf die unzähligen poetischen Prosawerke, die sich in mittleren poetischen Verhältnissen mit mittelmäßigen Erfindungen für ein mittleres Publikum beschäftigen, so wird man die große Tradition des historischen Romans im 19. Jahrhundert noch weitgehend intakt vorfinden. In wesentlichen Momenten der ästhetischen Produktion wird auf diesem Gebiet seit über hundertfünfzig Jahren nach denselben Motiven und mit denselben Techniken gearbeitet. Nicht anders verhält es sich mit der expressionistischen Lyrik, der Reiseerzählung oder mit dem biedermeierlichen Naturgedicht – auch hier gibt es eine nach wie vor lebendige Tradition, die sich zumindest über mehrere Generationen erstreckt. In der Musik hingegen scheint grundsätzlich die Perspektive des einzigen Komponisten, des einzigen Hörers und der einzigen Zeit zu gelten. Was auch heißt, daß das Publikum in diesen Verhältnissen nur sehr bedingt vorgesehen ist. Die Eigenart des Tons, mit seinem Erklingen auch schon zu vergehen, ist offenbar nicht nur eine physikalische Voraussetzung, sondern durchaus auch ein Formgesetz der Musik schlechthin.

Die Musik selbst scheint, in ihren bedeutendsten Gestalten, ein Bewußtsein ihres kurzlebigen, extrem zeitgebundenen Charakters zu haben, und zwar selbst dort, wo noch ein gegenwärtiges, weniger gebildetes, längst durch die Populärkultur geprägtes Publikum meint, Kompositionen zu hören, die in die Ewigkeit, in das Zeitlose hinausgreifen. Die Behauptung, daß es sich bei einem Stück wie Ludwig van Beethovens *Neunter Symphonie* um eines der grundlegenden Werke abendländischer Kultur handelt, wird zwar in jeder großen nationalen Jubelstunde wiederholt, und mächtig hallt dann die *Ode an die Freude* durch Zeit und Raum, so als verfügte das bürgerliche Zeitalter über eigene Engelschöre – und dabei ist doch gerade dieser vierte Satz eine der abgründigsten Unternehmungen der Musikgeschichte überhaupt: Stampfend kehrt die Melodie darin immer wieder zur Tonika, zum Grundton, zur längst anachronistisch gewordenen Wurzel aller Harmonik zurück, so als böte allein sie unverbrüchlichen Halt in einer völlig disparat gewordenen Welt. So viel Tonika kann es gar nicht geben, wie Beethoven in diesem Satz verwendet, und es ist nicht wahr, für seine Zeitgenossen nicht und für ihn erst recht nicht, daß sich alle Ereignisse zu einem Kreis schließen, zum Grundton zurückkehren müssen. Wie, wenn die Musik, die wir uns »klassisch« zu nennen angewöhnt haben, insgesamt ein ebensolches Aufbäumen wider die Geschichte wäre? Und damit ein von Grund auf ebenso melancholisches wie vergebliches Unterfangen? Daß also der Klassik ihr historisches Ende spätestens auf ihrem Höhepunkt eingezeichnet war?

Die praktische Erfahrung gibt einer solchen Annahme recht. Adorno beklagte sich mit Grund und wiederholt, etwa in seinem Aufsatz *Zum Problem der Reproduktion*, darüber, daß eine allzu große Vertrautheit mit den Werken der Musikgeschichte dazu führe, ihnen fremde Reize hinzuzufügen: »Je größer der Bestand an bestätigter Objektivität in einem Musikwerk, um so größer ist die Freiheit seines Interpreten.« Abzulesen ist das etwa an der historisch zunehmenden Geschwindigkeit in den Darbietungen gerade der bekanntesten Werke der Musikgeschichte – ein Prozeß, der irgendwann nicht mehr weiterzuführen ist, worauf eine Vorliebe für historisierende Aufnahmen einsetzt, die aber das Dilemma nicht lösen, sondern nur einen verschlissenen Reiz durch den Reiz der vorgeblichen Authentizität ersetzen. Heutige Musiker müssen, wenn sie denn zu öffentlicher Anerkennung kommen wollen, darüber nachdenken, wie sie ein Werk anders als die bislang vorliegenden Interpretationen spielen können. Und diese Überlegung hat mit Musik nur vermittelt etwas zu tun.

Umgekehrt spricht zum einen wenig gegen die Annahme, daß uns zu den allermeisten Werken der Musikgeschichte gültige Aufnahmen vorliegen – denn jede den Noten treue Aufführung eines Werkes ist auf ihre Art perfekt. Zum anderen liegen uns, und zwar gerade aus der Zeit, in der sich die leibhaftige Darbietung eines Werkes so gerade eben noch nicht wider dessen Präsenz in technischen Medien durchsetzen mußte, Einspielungen vor, die an Pathos, an Sorgfalt der Diktion und an Frische von späteren nicht mehr eingeholt wurden – auch wenn die rauschenden und kratzigen Aufnahmen Wilhelm Furtwänglers der Symphonien Ludwig van Beethovens mit ihrer geringen Dynamik sich zu modernen Einspielungen verhalten wie die schwarzweißen Reproduktionen von Gemälden Tizians in alten Werken der Kunstgeschichte zu modernen Bildbänden im Vierfarbdruck.

Statt Nachahmung, Adaptation, stets wiederholtem Rückbezug auf historische Vorbilder in der ästhetischen Produktion veränderten sich die Muster der Rezeption: Ein Historismus des Komponierens konnte sich kaum durchsetzen – auch wenn Robert Schumann zuweilen wie Beethoven und Max Reger sogar wie Bach klingen kann –, um so mehr aber der Historismus des Hörens. Kaum entwickelte sich ein konservierender Umgang mit historischen musikalischen Werken, wurde das Repertoire in schnellen Schritten größer: angefangen mit der Wiederentdeckung des Mitte des 19. Jahrhunderts vergessenen Johann Sebastian Bach und immer weiter in die Vergangenheit hineindrängend. Irgendwann kam Georg Friedrich Händel hinzu, Claudio Monteverdi war noch Ende des 19. Jahrhunderts außerhalb der

Sakralmusik so gut wie unbekannt, und schließlich meinte auch ein großes Publikum, daß Gustav Mahler ein sehr erträglicher Komponist sei. So weit ist die Ausweitung des Repertoires mittlerweile vorangeschritten, daß wir schon seit geraumer Zeit Musik hören, die nie für ein Publikum geschaffen worden war – die heute so beliebten Werke der Gregorianik jedenfalls waren ausschließlich den Sängern selbst zugedacht, und zum reinen Hören kamen diese nur, wenn in zwei Chören gesungen wurde und der jeweils andere seinen Einsatz hatte. Und sogar die Moderne wird heute weitaus freundlicher behandelt, jedenfalls wenn sie in Gestalt von Olivier Messiaen oder Helmut Lachenmann daherkommt, als das zu Theodor W. Adornos Zeiten der Fall hätte sein können. Diese Ausweitung des Repertoires ist bis heute nicht abgeschlossen, auch wenn sie ins zunehmend Entlegene und Aparte gerät und dabei historische Formen für gegenwärtige Zwecke völlig neu interpretiert werden.

Die Ausweitung und innere Vervielfältigung des Repertoires trägt zur Auflösung der klassischen Musik als repräsentativer Kunstform entscheidend bei. Mit ihrer Pluralisierung endet das finite Register. Die Literatur der griechischen und römischen Antike, für über tausend Jahre unerreichbares, auf ewig verlorenes Ideal der Dichtkunst, bestand aus wenigen hundert Bänden, die heute bequem auf zwei Regalbrettern Platz fänden. Sie hat man tatsächlich als intellektuelles Reisegepäck über die Jahrhunderte hinweg behandeln können. Mit der klassischen Musik ist das anders. Sie mag zwar mittlerweile ein weitgehend abgeschlossenes Sammelgebiet bilden, ist aber auch im Laufe ihrer rückwirkenden Erschließung zu einem großen, vielfach unterteilten und verzweigten, insgesamt kaum überschaubaren Apparat geworden. Die wenigen Werke von Johann Sebastian Bach oder Ludwig van Beethoven, von Wolfgang Amadeus Mozart oder Franz Schubert, die jeder musikalisch Interessierte kennt, sind nur der kleinste gemeinsame Nenner eines Repertoires, das sich schon bei diesen Werken in unzählige Aufführungen teilt und unterhalb des sehr Bekannten längst in Sparten geteilt ist – in Gemeinden, die sich der Chormusik der Renaissance zuwenden oder der Romantik des europäischen Ostens, die aber immer seltener zusammenfinden. Je mehr nun der klassischen Musik die große Öffentlichkeit abhanden kommt, desto schwächer werden auch ihre großen, ins Allgemeine ausgreifenden Genres. Die zunehmende Privatisierung der klassischen Musik geht mit einer Reduktion ihrer öffentlichen Formen einher – und das trifft den Rundfunk wie das Symphonieorchester. Hausmusik gibt es kaum noch, aber die elektronisch aufgezeichnete Kammermusik wird uns noch viel lieber werden, als sie es heute schon ist.

Um so interessanter ist, was gegenwärtig in den fernöstlichen Staaten passiert: Nicht nur daß heute achtzig Prozent aller Klaviere in China hergestellt werden. Auch die Hausmusik, die persönliche Verlebendigung des klassischen Repertoires, scheint in China, in Japan oder in Südkorea mit einem Ernst und einer Disziplin betrieben zu werden wie hierzulande im ausgehenden 19. Jahrhundert. Dabei ist das Repertoire dort genauso abgeschlossen wie bei uns. In dieser Weltgegend werden offenbar nicht viel weniger Klaviere gespielt, als dort gebaut werden. Und auf dem Notenständer liegen nicht die Klavierauszüge für *She's the One* oder *Candle In the Wind*, sondern die Etüden von Carl Czerny.

Die Schallplatte hat die Wahrnehmung der klassischen Musik von Grund auf verändert, indem sie das Konzert seiner Einmaligkeit enthob und die Rezeption der Zeitkunst zu jeder Zeit möglich machte. Das Publikum, das selbst zu Hause musizierte oder den entsprechenden Darbietungen zumindest beiwohnte, kannte die Produktionsvoraussetzungen des Genres. Es war mit der Differenz zwischen den Noten und dem Spiel vertraut. Es konnte ermessen, wieviel Arbeit und Mühe zwischen Text und Aufführung liegt, und es wußte, wieviel Freiheit der Interpretation die Noten ihren Musikern lassen, wie wenig von dem, was zu hören ist, tatsächlich aufgeschrieben wurde und wie wenig evident manche Vorgaben sein können. Daß ein Stück in der Wiederholung gleich klingen kann, muß diesem Publikum als etwas Unmusikalisches erschienen sein. Diese Verhältnisse dreht die Schallplatte um: Die Mühe ist nicht mehr wahrzunehmen, die Noten sind verschwunden, und die Interpretation erscheint, solange es nicht allzuviel davon gibt, als eine Form der Auseinandersetzung mit dem Werk, indem es um letzte Angemessenheit, um Gültigkeit geht. Die Aufnahme, nicht der Notentext, bildet nun den Maßstab, wodurch vor allem bei Kompositionen, die vor dem Jahr 1800 erschienen sind, die Möglichkeiten der Interpretation radikal geschmälert werden. Mit der technischen Reproduzierbarkeit akustischer Ereignisse wurde die klassische Musik zwar zum Gemeingut – ihr Publikum wurde größer. Aber sie veränderte damit von Grund auf ihren Charakter, wurde noch vergangenheitsbezogener, als sie ohnehin schon war, philologisch, konservativ im engen Sinne des Wortes. Im strengen Sinne taugt sie erst, seitdem es die technischen Medien gibt, zur Bildung eines historischen Kanons, und wenn eine historistische Aufführungspraxis den technischen Medien auch um mindestens zwei Generationen vorausgeht, so ist es, im nachhinein betrachtet, doch beinahe so, als wäre diese Praxis auf die technische Reproduktion angelegt gewesen: Die Schallplatte kommt dem Historismus des Hörens viel weiter entgegen als das Konzert.

Es ist dieses Verhältnis von historischem Material und technischer Reproduktion, das sich nun erschöpft zu haben scheint und das offenbar nur unter veränderten Voraussetzungen wird fortexistieren können. Zumindest von allen größeren, halbwegs bekannten Werken liegen mittlerweile so viele Aufnahmen vor, daß die Bedingungen wie aus der Zeit vor der Schallplatte wieder in greifbare Nähe zu rücken scheinen: der einzige Interpret, der einzige Hörer, die einzige Zeit – nur daß der Interpret dabei aus dem öffentlichen Raum in den privaten umzieht, daß er zwar für eine Öffentlichkeit produziert, aber vom Konzert potentiell befreit ist. Das sind Verhältnisse, die der Hörer aus der populären Musik kennt, und so entwickelt er auch im Umgang mit der klassischen Musik die entsprechenden Verhaltensformen. Aus dem vorhandenen Material kompiliert er eigene Sammlungen, trifft seine eigene Auswahl, schneidet sie zusammen, und auch wenn er ins Konzert geht, benimmt er sich beinahe schon, als besuchte er eine Darbietung aus dem populären Genre: Eher als daß er eine erkennbare, aktuell vollzogene Auseinandersetzung mit dem Werk erwartet, ist er zufrieden, wenn es im Konzert wie auf der Schallplatte klingt. Und schließlich verhält sich nunmehr auch die Musikindustrie so, als ginge es in der Klassik um dasselbe wie bei der populären Musik: Sie unterwirft die Musik latent kunstfremden Konzepten, dem Kuscheln oder dem Autofahren oder den schönen Stimmen. Sie bewirtschaftet das Repertoire nach Kriterien des Gebrauchs. Sie behandelt klassische Werke als Generatoren von Rührung. Was dabei von der Musik bleibt, mag einem als nach weitgehend unmusikalischen Kriterien vitalisierte Geschichte erscheinen, wobei die Geschichte in ihrer Dauer und in ihrer Vergangenheit nicht bestimmt ist – sie kann auch vorgestern stattgefunden haben.

In den späten sechziger Jahren hatte sich in der populären Musik das Aufnahmestudio oder genauer: die technische Produktion zur dritten künstlerischen Größe entwickelt, neben der Komposition und der Interpretation. Um zehn, zwanzig Jahre verzögert, hat sich Gleiches nun auch in der Produktion von klassischer Musik vollzogen: die durch Technik erreichte Emanzipation von der Aufführung. Das entscheidende ästhetische Ereignis ist nicht mehr das Konzert, sondern die Aufnahme, mit allen Attributen des Authentischen, die noch eine halbe Generation zuvor allein dem leibhaftigen Auftritt vor Publikum zugekommen wären – ein großer Teil der historisierenden Produktionen mit Originalinstrumenten, wie sie in den achtziger Jahren beliebt wurden und, vom 18. Jahrhundert ausgehend, längst das gesamte Repertoire erfaßt haben, wurde für das und im Studio geschaffen und erreichte, wenn überhaupt, erst danach die Konzertsäle. Objektiv rückt das Studio Original und Reproduktion weiter auseinander, subjektiv aber treten beide Instanzen einander näher. Komposition und Interpretation scheinen, wie das in der populären Musik ohnehin der Fall ist, in zunehmendem Maße zusammenzufallen.

Das Einmalige, das Gesetzhafte, die Aura des Unwiederholbaren, mit dem diese Aufnahmen auftreten, entspricht der Verlagerung des eigentlichen künstlerischen Orts von der Öffentlichkeit in das Studio – und ist in seiner Rezeption eher im privaten Raum aufgehoben als in einem Saal, weil die Intimität dieses Hörens ihre Entsprechung in der allein dem Werk und der Aufnahme zugewandten Intimität der Produktion hat. Auch in der klassischen Musik ist das Studio zu einer künstlerischen Instanz geworden, verselbständigt gegenüber dem Konzert. Wenn daher die klassische Musik auf der Schallplatte eine Zukunft hat, dann nur gegen die Geschichte der Interpretation, nur in der Art, daß sich jeder Interpret das überlieferte Werk so vornimmt, als sei es nie vor ihm gespielt worden, als müsse es völlig neu entdeckt werden. Auf diese Weise aber kehren wir zu einem Begriff des musikalischen Werks zurück, wie er vor der Einführung objektivierender Medien bestand: zu einem Schein von Einmaligkeit, der mit den Mitteln der technischen Reproduktion entsteht. Worin auch immer der gesellschaftliche oder kulturelle Fortschritt einer Demokratisierung von klassischer Musik mit technischen Mitteln bestanden haben mag: er ist Vergangenheit. Man hat sich nun zu fragen, ob Musik überhaupt weiter demokratisiert werden muß.

Lee Siegel

Das Abstoßende kann sehr anziehend sein

Über Gewalt, Amerika und »Die Sopranos«

Das Gangstergenre in Film, Fernsehen und Populärliteratur liegt in den letzten Zügen. Das könnte ein Angebot sein, das die amerikanische Kultur nicht ablehnen möchte. Schon der Terminus »gangsta« ist eine halb parodistische und tödliche Respektlosigkeit gegenüber dem früher gebrauchten Wort. Und nun erscheint die endgültige Parodie beziehungsweise das endgültige Begräbnis mit *The Godfather Returns*, der Fortsetzung von Mario Puzos kommerziellem Klassiker von 1969, der Francis Ford Coppola zu den höheren Klassikern seiner zwei (nicht drei) zeitlosen Filme inspirierte. Allein die Tatsache, daß ein neuer Roman über die Mafia sich Figuren und Handlungsstränge bei einem früheren Erfolg ausleihen muß, ist Anzeichen für eine Vergreisung des Genres.

Der von Mark Winegardner verfaßte Roman übernimmt den in den Coppola-Filmen dargestellten Zeitraum der Handlung, aber seine Grundidee besteht darin, Aspekte des Lebens der Originalfiguren zu behandeln, die Puzo und Coppola sozusagen zu erzählen versäumt hatten. Dazu gehören Fredo Corleones heimliche Homosexualität, Michael Corleones Erlebnisse im Zweiten Weltkrieg beim Kampf gegen die Japaner, die verborgene Charakterstärke des sinatraesken Sängers Johnny Fontane, Michaels literarische Vorlieben *(Peyton Place)* und weitere derartige Fußnoten zum organisierten Verbrechen.

Der Held des Buches ist nicht Michael, sondern einer seiner Freunde, Fausto Dominick »Nick« Geraci Jr., der zu seinem unversöhnlichen Rivalen wird. Nick ist ein früherer Schwergewichtsboxer, ein Schläger, Gewaltverbrecher, Mörder – und ein höchst sensibler Mensch, der dem Fernsehen ernsthafte Bücher und tiefschürfende Reflexionen vorzieht: eine sehr eigenartige Mischung aus Luca Brasi und Benedetto Croce. Winegardner konnte offensichtlich nicht Hunderte von Seiten vollschreiben, ohne wenigstens *eine* Figur zu erfinden, mit der er reden konnte. Die anderen äußern Dialogzeilen wie »Ich glaube, ich habe eine Idee, wie wir die Sache mit Russo regeln können«. Winegardner schreibt Zeilen wie »Zunächst würden sie die Männer, von denen sie verraten worden waren, genau beobachten, aber ihre Anstrengungen darauf richten, neue Loyalitätsbeziehungen aufzubauen.«

Das war einmal eine produktive, fesselnde, unendlich einfallsreiche und überraschend bedeutungsvolle Branche. Puzos Roman leitete die Endphase des Gangsters als einer Figur spannender Massenunterhaltung ein. Aber die amerikanische Kultur selbst mußte einen schockhaften Übergang zu einer neuen Phase erleben, bevor Puzos und Coppolas überdimensionale Figuren direkt als Archetypen in die populäre Vorstellungswelt eingehen konnten. 1968, ein Jahr bevor *Der Pate* erschien, wurde ein Buch veröffentlicht, das wie alles andere, was in diesem Jahr geschah, Amerikas Gewaltbegriff dauerhaft veränderte. Das Buch erschien zu einer Zeit, als die Gewaltbereitschaft Amerikas so allgemein verbreitet war, daß es aussah, als ob jeder in jedem Moment ausrasten könnte: ein weißer Junge aus der Mittelklasse an einer Eliteschule, ein zurückhaltender schwarzer Junge, der nichts anderes wollte, als in seinem Wohnviertel zurechtzukommen, irgendein durchschnittlicher Redneck mit einem großkalibrigen Gewehr, Polizisten, die noch vor einigen Minuten Freund und Helfer der Bürger waren und ihnen nun die Köpfe einschlugen. Viele junge Amerikaner, die einberufen worden waren, kehrten in Leichensäcken aus Vietnam nach Hause zurück, und in Amerikas Städten stieg die Kriminalitätsrate steil nach oben – es schien, daß jeder jederzeit ebenfalls ein Opfer von Gewalt werden könnte. Und dann, 1968, ging das Land mit Glanz und Gloria in die Luft.

Das fragliche Buch handelte von der Banalität des Bösen, aber es ging nicht um systematischen Massenmord. Genozid, egal wie mittelmäßig die Täter zu sein scheinen, stellt immer deren »Banalität« in den Schatten. Aber das Töten innerhalb einer Gruppe von Menschen, die keinen Hang zum Töten hatten, die nur dann mordeten, wenn es nötig war und meist aus ökonomischen Gründen oder faktischer Machtverhältnisse wegen – Töten als ein Mittel, Essen auf den Tisch zu bringen und die Statusangst fernzuhalten: Diese Art von Verbrechen war medioker genug, um die wirkliche Durchschnittlichkeit der Täter dauerhaft sichtbar werden zu lassen.

»So um 1950 rum hat Mildred beschlossen, daß wir unbedingt ein eigenes Haus haben müßten. Eines Tages ruft sie mich an und sagt, sie hat ein Haus in Yonkers, New York, gefunden. Sie wollte, daß ich mir das ansehe. Ich hab ihr gesagt, daß es mir schon recht ist, wenn es ihr nur gefällt ... Da hatte der Junge schon die Schule beendet: Das war eine der besten in New York ... Er ist da aufs Internat gegangen und ist nur in den Ferien nach Hause gekommen, weil wir nicht wollten, daß er sich auf den Straßen von der Bronx herumtreibt ... Er hat jung geheiratet, und ich hab einen Dreizimmer-Anbau an das Haus in Yonkers für ihn und seine Frau gebaut ... Ich hab das ganze Haus innen und außen angestrichen, und ich hab die beste Farbe benutzt. Ich war handwerklich sehr geschickt zu Hause, also wenn ich zu Hause war, ich war ja doch immer mit diesem oder jenem beschäftigt ... Was die Nachbarn anging, war ich immer ein Gentleman. Natürlich haben sie schließlich wegen meiner Arbeitszeiten Mildred gefragt, was ich beruflich so tue. Mildred hat ihnen gesagt, daß ich das Lido hätte, da haben sie gedacht, ich wär einfach nur jemand, der ein Restaurant führt. Einige von den Nachbarn sind immer wieder mal ins Lido gekommen, und sie haben alle gesagt, daß es ihnen sehr gut geschmeckt hat. Ich hatte einen anständigen Laden. Da konnte jede Frau allein reinkommen – nicht in Begleitung, ja –, und wenn irgend so ein Typ sie belästigt, fliegt er hochkant raus.«

»Ich mach also die Drinks, und wir reden darüber, wie das Geschäft im Lido geht, und wir gehen um die Vorderseite rum, und dann gehen wir in die Küche. Und dann passiert es. Steve ist klein, und Pat ist ziemlich groß. Pat packt ihn sich von hinten – er hat ihn im Polizeigriff – und der andere Typ,

Fiore, drischt ihm ins Gesicht und den Bauch. Und nicht zu sparsam ... Ich halte Wache an der Küchentür, als Pat ihn losläßt und Steve auf den Boden fällt. Er liegt auf dem Rücken, und er ist k. o. Sie wickeln diese Kette um seinen Hals. Er fängt an, sich einmal zu bewegen, also stellt Pat ihm seinen Fuß auf den Hals, damit er stillhält. Es hat nur ein paar Minuten gedauert ... Eins kann ich Ihnen sagen über die Zeit damals. Ich bin heilfroh, daß ich meinen Jungen so erzogen habe, daß er von alldem nichts wußte, damit er nicht das Leben führen muß, das ich geführt habe.«

Das Zitat ist aus dem Buch *The Valachi Papers* von Peter Maas, und die lakonischen Erinnerungen stammen von Joseph Valachi, dem ersten regelrechten Mitglied der Mafia, das jemals das Gesetz des Schweigens brechen und den inneren Mechanismus dieser bislang mysteriösen Organisation beschreiben sollte. Ohne Valachi – und früher oder später mußte ein Valachi kommen – hätte es *Hexenkessel* nicht gegeben, nicht *Goodfellas, Die Ehre der Prizzis, Die Mafiosi-Braut, Reine Nervensache* und schließlich auch nicht *Die Sopranos*, diese Flut von Filmen, die die Welt der gewalttätigen Kriminellen auf der Leinwand aussehen ließ wie Ihre und meine Welt.

Schwer zu sagen, ob Valachis Enthüllungen damals die Leser schockierten oder sie durch ihre Entmystifizierung der Mafia beruhigten. Die Amerikaner haben sich nie wirklich über die Mafia empören können, vielleicht weil es Italiener waren, die vor allem andere Italiener umbrachten, und die Italiener waren oft die weißen Neger der amerikanischen Kultur, die unfairerweise als Leute dargestellt wurden, die zuviel physische Präsenz und Instinkte hatten, um völlig weiß sein zu können – Sylvester Stallone in den *Rocky*-Filmen –, oder zu engstirnig und prosaisch, um schwarz sein zu können – John Travolta in *Saturday Night Fever* (Stallone war übrigens die erste Wahl für *Beverly Hills Cop*). Eins ist jedoch sicher: Die Welt des Gangsters, wie sie von Valachi und Maas und in Film und Fernsehen dargestellt wird, übt einen enormen Einfluß auf die Selbstwahrnehmung der Amerikaner aus – als Unternehmer, als Kunden und Konsumenten, als von Begierden getriebene Wesen und verführt von Amerikas Versprechen absoluter Befriedigung an so ziemlich allen Fronten.

Bemerkenswert an *Die Sopranos* ist unter anderem, daß sie meines Wissens die erste Fernsehserie über Gangster sind, in der diese als (zumindest teilweise) sympathisch dargestellt sind. Der Stammbaum der *Sopranos* reicht weit zurück zu amerikanischen Filmen der dreißiger Jahre, auch wenn ihr Vater natürlich *Der Pate* ist, aus dem die Figuren der Serie zitieren, über den sie träumen und der ihnen ein Gefühl der Macht gibt, aber auch das Gefühl, wie Tony es in der allerersten Episode formuliert, daß sie zu spät gekommen sind. In dieser Hinsicht sind Tony und seine Gang wie alle Romantiker. In den *Sopranos* sind Coppolas Filme gestorben und kehren als Legenden zurück. Und doch stehen die heroischen Figuren von Coppolas Meisterwerk – die Corleones, die »Löwenherzen« – diesem (um wieder Tonys erschöpfte Selbstcharakterisierung zu zitieren) »fetten Gauner aus New Jersey« und seiner ebenso prosaischen Bande sehr fern.

Mit seinen Panikattacken und seinen Depressionen, seiner destruktiven Mutter und seiner emotionalen Abhängigkeit von ihr hat Tony keinerlei Gemeinsamkeiten mit Vito oder Michael Corleone, deren Mütter nur schemenhafte Figuren bleiben. Man stelle sich vor, Brandos Don würde vor Angst ohnmächtig – wenn James Gandolfini hingegen bei seinen Blackouts, die physische Kraft eben durch ihre Auflösung evozieren, hinfällt, ist das wie eine Parodie von Brandos langsamem Kollaps, als er am Obststand angeschossen wird und auf seinen Wagen fällt, und dann, wenn er tödlich getroffen wird von einem Herzinfarkt in seinem Gemüsegarten. Gandolfinis Tony Soprano erinnert eher an Cody Jarrett, dem von James Cagney gespielten Gangster in *Sprung in den Tod* (1949), der an Migräne litt und einer Mutterfixierung, die Tonys verkrampfte Beziehung zu seiner Mutter wie eine Madonna mit Kind von Raffael aussehen läßt. Aber andererseits leuchtet es ja auch ein, daß die Männer einer Familie mit dem Namen Soprano von dem uneingestandenen femininen Sog ihres Machismo heimgesucht werden.

Obwohl er in Wirklichkeit ein Soziopath und Killer ist, scheint Tony zuweilen auch ein guter Kerl zu sein, aber jeder, der glaubt, daß er tatsächlich ein anständiger Mensch ist, wird brutal, wahrscheinlich sogar tödlich enttäuscht werden. Tony ist immer wieder mal sympathisch, weil wir sein beschädigtes, ramponiertes, unruhiges Innenleben sehen, meist durch die Szenen der Sitzungen mit seiner Therapeutin. Wir erfahren von dem Sortiment von Traumata, Verletzungen, Unsicherheiten, versteckten Aggressionen und unterdrückten Gefühlen, aus denen Tonys Innenleben – und das jeder anderen Person – besteht. Und die Szenen, wo er in privater häuslicher Umgebung mit seiner Frau Carmela und seinen Kindern Meadow und Anthony Jr., mit Onkel Junior und seiner Schwester Janis auftritt, führen bei uns gelegentlich zu einer nur verschwommenen Wahrnehmung seiner brutalen »öffentlichen« Aktivitäten. Diese Enthüllungen von Tonys Seelen- und Privatleben machen es schwieriger, seine beruflichen Handlungen zu beurteilen. In der einen Minute bringt er Sandy um, den Inhaber des Sportgeschäfts, seinen Jugendfreund, der den Fehler gemacht hatte, sich Geld zu leihen, das er nicht zurückzahlen konnte, in der anderen Minute schnauzt er Janis wegen ihres respektlosen Verhaltens einem schwarzen Arzt gegenüber an oder eilt an die Seite einer seiner Geliebten, die seine Hilfe braucht, und dann erklärt er in der nächsten Minute einem verblüfften Sandy, in einem atemberaubenden und fast versöhnenden Augenblick der Selbsterkenntnis, daß er ihn umbringt, weil »das in meiner Natur liegt«.

Wenn in der Kunst das Böse ein Innenleben zu führen beginnt, entsteht Tragödie; im Leben aber entstehen Verwirrung und Urteilsparalyse. Wie soll man über jemanden urteilen, der so ein verletzbares und doch auch seiner selbst bewußtes Schlamassel ist? Kann man Macbeth auf den elektrischen Stuhl schicken? Wir leben heute in einer völlig psychologisierten Kultur, wo sogar Haustiere ein Innenleben haben – es gibt eine DVD zur Beruhigung einsamer Papageien –, und die moralische Konfusion ist allgegenwärtig. Das macht es der Kunst schwer, Tragödien zu schaffen, weil heutzutage die Darstellung des Innenlebens böser Menschen nicht zu einer kathartischen Offenbarung führt, sondern nur das allgemeine Chaos wiederholt.

Chaos jedoch macht das Wesen der Komödie aus. Der Weg zurück zur Tragödie in der Kunst könnte also so verlaufen, das Komische dem Tumult des Innenlebens abzulocken, um dann, wenn wir so sehr lachen, daß es wehtut, festzustellen, daß die Tragödie in der Komödie gesucht werden muß. Es hat etwas maßvoll Komisches an sich, wenn Valachi sagt: »Ich war handwerklich sehr geschickt zu Hause, also wenn ich zu Hause war, ich war ja doch immer mit diesem oder jenem beschäftigt.« Und es hat auch etwas heilend Tragisches an sich, wenn das friedliche Leben zu Hause und das gewalttätige Leben draußen immer weiter auseinanderklaffen, bis sie schließlich kollidieren. Wer glaubt, daß die *Sopranos* wesentlich eine Komödie sind – wer zum Beispiel glaubt, Tony Blundettos impulsives Zusammenschlagen des koreanischen Geschäftsmannes, der ihm bei seiner Resozialisierung helfen sollte, sei lustig, wie eine Kritikerin ihre Reaktion beschrieb –, der macht sich etwas vor. Und doch sind die *Sopranos* eben deshalb so originell, unheimlich, fesselnd und auch lustig, weil sie das tödlich genaue Porträt einer von Psychologie erschöpften Kultur malen. Die Serie ist eine halb komische Darstellung des absurden und bitteren Endes der heutigen endlosen Enthüllungen des Innen- und Privatlebens, die unsere Bemühungen neutralisieren, richtig und falsch zu unterscheiden.

Die Serie wurde zu einer Zeit gemacht, wo wir bei unserem Umgang mit Gestalten des öffentlichen Lebens oder Prominenten und in unseren »Reality«-Shows umgeben sind von Enthüllungen des Privat- und Seelenlebens, die uns das Gefühl vermitteln, niemandem unterlegen zu sein und befreit davon, beurteilt zu werden und beurteilen zu müssen. Den Amerikanern wird überall beigebracht, daß das innere Seelenleben bedeutsamer sei als die sie umgebende Menschenwelt und Natur. *Die Sopranos* sind eine erfrischende Gegentendenz zu diesem Universum, wo die Analyse wirklich das ist, was sich Psychoanalytiker von ihr erhoffen: endlos. Indem die Serie ständig das Privat- und Seelenleben der Figuren mit den brutalen äußeren Handlungen und Ereignissen konfrontiert, wird deutlich, daß all unsere Introspektion nichts ist verglichen mit der Realität der Welt um uns herum, außerhalb von uns.

Trotz all seiner Therapie ist Tony immer noch ein Monstrum. Trotz all der großen Liebe und all des heftigen Hasses der Protagonisten stirbt in fast jeder Episode jemand an Krebs. Trotz all der Traumszenen der Serie werden die Figuren immer noch durch ihr äußeres Leben und externe Ereignisse ruiniert. Wenn das FBI gegen jemanden etwas in der Hand hat wie im Fall Big Pussy Bonpensiero oder jemanden reinlegt wie im Fall der amoralischen und merkwürdig unschuldigen Adriana und mit Gefängnisstrafen droht, dann erfährt diese Person eine Verwandlung. Wenn jemand überleben muß, dann tut er alles, was notwendig ist, um zu überleben, trotz der unmittelbar vorangegangenen gefühlvollen Szenen aus dem Familienalltag: Tony Soprano bringt seinen geliebten Cousin um, weil eine derart abscheuliche Tat die einzige akzeptable Alternative ist zu der seiner Familie drohenden Vernichtung durch die rivalisierenden Soziopathen in New York. So lassen die *Sopranos* all unsere Interiorisierungen lustig und absurd aussehen. Darin besteht ihr Komödiencharakter. Und ihre Tragik ist ebenfalls demselben Fatalismus der Macht äußerer Umstände geschuldet – der Außenwelt von Handlungen und ihren Folgen, wo die Bösen, trotz all ihrer sogar liebenswerten Eigenschaften, dennoch böse sind. Wenn die Kamera uns in fast surrealer Weise Tony bedrohlich und zugleich isoliert in seinem Milieu zeigt, zeigt sie uns einen Menschen, der seinem Milieu auf Gnade und Ungnade ausgeliefert ist, und seine Innenwelt ist ohne Bedeutung.

Die Kommentare zu den *Sopranos* singen immer wieder dieselbe Melodie: Tony und die Leute in seiner Welt – das sind wir. Sie sind die dysfunktionale amerikanische Familie. Sie sind die dysfunktionale amerikanische Vorstadtfamilie. Sie sind die Verkörperungen der kläglichen Lügner und Gauner, die zur Zeit unser Land regieren. Sie sind die Verkörperungen unseres Enron-Zeitalters der Habgier, der Betrüger und Bestecher, die glauben, daß sie alles umsonst haben können. Sie sind deprimiert wie wir und zornig wie wir und konfuse Teenager wie wir und ratlose Eltern wie wir und Erwachsene, deren gigantische Anspruchshaltung permanent enttäuscht wird, wie wir.

Diese Vergleiche gehen alle von der Voraussetzung aus, daß diese Gangsterserie wie alle Gangsterserien eine Geschichte von Kriminellen benutzt, um einen kathartischen, moralischen, sogar romantischen Kasus über die verborgenen Eigenschaften unseres Alltagslebens vorzutragen. Aber was viele als die von den *Sopranos* vorgenommene Normalisierung des Gangsters ansehen, war von Anfang an ein Charakteristikum des Kriminalfilms, der wie der Cowboyfilm niemals wirklich von seinem Gegenstand handelte. Sein Gegenstand war immer etwas anderes. Das Verdienst der *Sopranos* besteht darin, dieses Modell auf den Kopf zu stellen.

Die Gangsterfilme der frühen dreißiger Jahre waren die Prototypen der heutigen Polizeiserien. Wie der einsame Polizist, der mit den Leuten in seiner Abteilung zusammenarbeitet, aber zugleich im Streit mit ihnen liegt – als echter amerikanischer Held erfindet er sich seinen Konformismus selber –, war der Gangsterprotagonist sowohl Teil seiner Welt wie durch sie bedroht. Die ersten großen Gangsterfilme wandten sich an das Publikum der Zeit der Weltwirtschaftskrise, denn Cagney und Edward G. Robinson und Paul Muni stillten den Hunger der Zuschauer nach stellvertretender Rebellion und nach der Katharsis, einen hungrigen kleinen Mann, der mehr von seinen Gefühlen als von Habgier motiviert ist, von habgierigen und rücksichtsloseren großen Kerlen eins auf den Deckel bekommen zu sehen. Wie Robinson in der Rolle des Rico in *Der kleine Cäsar* sagt: »Geld ist in Ordnung, aber es ist nicht alles.« Rico war ein verunsicherter Rüpel mit Herz, der seinen besten Freund nicht töten konnte, als er es hätte tun sollen, und deshalb von härteren Männern um die Ecke gebracht wurde. Cagney war als Tom Powers in *Der öffentliche Feind* ein armer Junge, der von seinem Milieu in die Kriminalität gedrängt wurde, der ein weiches Herz für seine Mutter und mütterliche Frauen hatte und dem ebenfalls von Blödmännern der Rest gegeben wurde, die härter waren als er (und er war hart). Und Muni in *Scar-*

face, der von inzestuösen Begierden gequält wird, tötet seinen besten Freund, weil dieser Munis Schwester verführte – daß die beiden gerade geheiratet hatten, weiß Muni nicht.

In dem Moment wird er Opfer seiner eigenen starken Gefühle wie Rico und Tom und wird wie sie von stärkeren und brutaleren Männern zur Strecke gebracht, die ihren Gefühlen nicht ausgeliefert sind. Sein widernatürliches gewalttätiges Leben, scheint der Film zu sagen, war das einzig mögliche Ventil für ein unterdrücktes widernatürliches Gefühl. Für alle drei Figuren ist ihre Schwäche eine Eigenschaft, die die ehrbare Gesellschaft in Gestalt der Polizei nicht akzeptieren und die die kriminelle Gesellschaft nicht assimilieren wird. Ihre verletzliche Seite stellt in beiden Kontexten einen pathologischen Exzeß dar. Mit anderen Worten: Sie ist romantisch.

Hollywood hat den Gangster immer schon gemocht. Showbusiness und die Unterwelt waren schließlich die beiden Orte im amerikanischen Leben, wo Leute, die nicht in die Gesellschaft passen, in einem Paralleluniversum gedeihen können. (Das Wunderbare an *Schnappt Shorty* war seine Geschichte von dem Gangster, der mühelos in die Rolle eines Hollywoodproduzenten schlüpft.) Mitte der dreißiger Jahre trat jedoch eine interessante Veränderung ein, die oft auf den Hollywood von der Regierung aufgedrängten moralistischen Hays Code zurückgeführt wird, aber in Wirklichkeit mehr mit dem wachsenden Elend der Weltwirtschaftskrise zu tun hatte. Der Hays Code mißbilligte jede glamouröse psychologische Entschuldigung der Gewalttätigkeit des Gangsters, und das führte sicher zu einer versimpelten Darstellung der Bösewichter. Fast nirgends mehr zu finden waren nun die verlorenen und fast ergreifenden Muttersöhnchen, die töteten, um die feminine Seite ihrer Psyche zu unterdrücken. Doch eine zunehmend verzweifelnde amerikanische Bevölkerung brauchte nicht unbedingt Geschichten darüber, wie seelische Schmerzen zu bösen Taten führten. Man wollte Geschichten darüber, wie innere Qualen ein entstelltes Gutes schaffen konnten; und so traten Cagney und Robinson nun als getriebene, obsessive Polizisten auf, die genauso brutal und amoralisch waren wie die nun eindimensional bösen Gangster, denen sie im Namen der Gerechtigkeit nachstellten.

Wie die früheren Gangsterfilme benutzten diese Streifen jedoch immer noch ihre moralisch zweideutigen Figuren, um nach außen zu zeigen, auf latente menschliche Komplexität und Möglichkeiten. Und so stellte der auf diese Filme folgende Film noir eine weitere Revolution dar in der Entwicklung des Gangstertypus als Symbol normaler Leute. Die ethisch zwielichtigen Protagonisten des Film noir waren keine Gangster, aber sie waren auch keine Polizisten. Es waren Privatleute, »Privatdetektive«, Leute wie Sie und ich (Sie brauchen nur eine hübsche Sekretärin und eine Tür mit Ihrem Namen drauf). Selbst die Polizisten in den Kriminalfilmen der Nachkriegszeit wie Glenn Ford in *Heißes Eisen* und Dana Andrews in *Laura* waren so kaputt, daß sie überhaupt keine Polizisten zu sein schienen. Es waren normale Leute mit kleinen Pistolen und großen Neurosen.

Als dann die Zeit des Film noir Anfang der sechziger Jahre zu Ende ging, hatte der Kriminalfilm seine charakteristischen Merkmale fast vollständig verloren. Es war möglich geworden, die Bösewichter mit einer solchen Fähigkeit zum Guten und die Guten mit einer solchen Fähigkeit zum Bösen darzustellen, daß *Der Pate* Gangster auf die Leinwand bringen konnte, die ganz genauso edel und heroisch waren wie es etwa Eliot Ness, der *Unbestechliche*, vor zwanzig Jahren gewesen war. Deshalb sind Tony Soprano und seine Kumpel so besessen vom *Paten*. Die vom *Paten* an der Kriminalität vorgenommenen hygienischen Maßnahmen – eine Art Müllbeseitigung – bringen ihr schwächliches Gewissen in Schwung. Unter ethischen Gesichtspunkten gibt es keinen Unterschied zwischen Gary Coopers Showdown mit dem Bösen in *Zwölf Uhr mittags* – ein anderer Film, von dem Tony besessen ist – und Michael Corleones Showdown mit dem rivalisierenden Gangster und dem korrupten Polizisten in jenem Restaurant in der Bronx.

Als kulturelles Ereignis bedeutete die Premiere von Coppolas *Der Pate* 1972 einen Wendepunkt. Es war eine Zeit, in der die Mittelklasse die Werte der Gegenkultur übernahm. Puzos und Coppolas Mafia verhielten sich ebenso subversiv gegenüber *law and order* und konventionellen Werten wie zuvor die radikalen Teile der Studentenbewegung, aber die Corleones verbanden antisoziales Verhalten mit der äußerst konventionellen Tätigkeit des Geldverdienens. Sie waren, so könnte man sagen, unregulierte Kapitalisten. Und Marlon Brando, der Rebell ohne Grund oder Ziel in T-Shirt und engen Jeans, der Elvis' Lieblingsschauspieler war und der Geist des Rock 'n' Roll, bevor es überhaupt Rock 'n' Roll gab – dieser Schauspieler war die perfekte Verbindung der gegenkulturellen mit der Mittelklasse-Mentalität in der Form des entschieden traditionellen Don Corleone.

Auf einen Schlag kamen also der italienische Familiensinn und die italienisch-amerikanische Weiße-Neger-Sinnlichkeit zusammen, die Rebellion der Gegenkultur und der Geschäftssinn. 1972, als der Boom der Nachkriegsjahre verpufft war, war man wieder bei den Gangsterfilmen aus der Zeit der Weltwirtschaftskrise angekommen. Der Gangster war wieder einmal eine romantische Figur, aber diesmal nicht in der Tradition des »kranken« Romantizismus, nicht als jemand, dessen innere Energien die Gesellschaft in äußere Dämonen verwandelt hatte. Nach der Zersetzung moralischer Kategorien durch den Film noir und seiner komplexen Universalisierung des Gangsters und nach der im *Paten* vorgenommenen Identifizierung des Gangsters mit den positivsten, tatkräftigsten Vertretern der amerikanischen Gesellschaft war der Gangster schließlich drauf und dran, Jedermann zu werden: Der Gangster wurde reif für die Satire.

Von *Die Ehre der Prizzis* 1985 und dem (halb satirischen) *Miller's Crossing* 1989 (in dem Gabriel Byrne den ersten Filmgangster spielte, der sich vor lauter Angst übergibt) und im selben Jahr *Freshman*, in dem Brando Don Corleone parodiert, bis zu *Reine Nervensache* 1999, in dem De Niro seinen Don Corleone parodiert (dabei verwiesen sowohl Brando wie De Niro auf George Raft, der in *Manche mögen's heiß* eine satirische Darstellung seines eigenen Gangsterimages gegeben hatte), wurde der Gangsterfilm immer mehr zu einer Metapher, einem ironischen Kommentar zu einer verborgenen sozialen Dynamik, zu dem gangsterartigen Elan, der dem vitalen Ehrgeiz Amerikas zugrunde liegt. In dem Maße, wie die Mafia regelmäßig von den Hütern des Gesetzes zurechtgestutzt wurde, verwandelte sich der Mafioso in eine komische, wenn auch lebensgefährliche Figur.

Inzwischen karikierte Quentin Tarantino Gewalt selbst als etwas Komisches. Ein Schwall lustiger Filme brach über uns herein, in denen die Auftragskiller liebenswert und liebesfähig waren: *Ein Mann – ein Mord*, *Keine halben Sachen* und so weiter. Während des Booms der achtziger und neunziger Jahre fielen also stets lächelnde Habgier und unternehmerische Härte in Politik und Gesellschaft zusammen mit der, wie man es nennen könnte, Komödifizierung von Mord und Habgier auf der Leinwand. Und es fiel schwer zu entscheiden, ob diese Filme Satiren auf den Zeitgeist waren oder sein Ausdruck, denn ein komisches Talent zeugt von intellektuellen Fähigkeiten und ironischer Selbsterkenntnis, und ein Schläger mit solchen Eigenschaften ist ein ziemlich beeindruckender Mensch. Und ein lustiger, ironischer Geschäftsmann mit Schlägereigenschaften auch.

Bis dahin hatte die Komödie immer auf der Seite des verletzlichen Außenseiters gestanden. Aber als der lustige und mörderische Gangster zu einer komischen Figur wurde, begann er, den lustigen und entschieden unmörderischen Nebbich à la Woody Allen zu ersetzen. Warum über Schwäche lachen, wenn man über Stärke lachen kann? Der Sieg De Niros über Ben Stiller in *Meine Braut, ihr Vater und ich* bedeutete das Ende des Nebbich (Adam Sandler, Jim Carrey und Larry David sind Nervensägen mit einer bedrohlichen Seite, keine Nebbiche). Der Gangster, der in einem linkischen, pedantischen, gebildeten Tonfall sprach, mit einem starken ethnischen Akzent, ungeschickter Syntax, sehr komischen Wortverwechslungen, und Mordlust zum Ausdruck brachte, wurde zu einer stereotypen komischen Figur.

Aber es war eine Figur, die ihre Charakteristika in dem Maße verlor, wie sie an symbolischer Bedeutung gewann. Die leidenden, bemitleidenswerten Gangster der dreißiger Jahre und die moralisch problematischen Polizisten und Privatdetektive der vierziger und fünfziger Jahre und Coppolas überlebensgroße heroische Bösewichter und Scorseses unterlebensgroße, ganz normal erscheinende Bösewichter: Alle waren sie Allegorien des »Bösen in unseren Herzen« oder »Wie wir jetzt leben«. Wie sie verwies der komisch-mörderische Gangster auf etwas außerhalb seiner selbst; aber mit der durchtriebenen und klugen Selbstparodie dieser Figur, die alle früheren Erscheinungsformen des Gangsters umfaßte oder darauf verwies, schien der komisch-mörderische Gangster das Ende des amerikanischen Gangsters auf der Leinwand zu bedeuten. Die Verwandlung des Gangsters durch das Medium der Komödie in einen ganz normalen amerikanischen Typus (und umgekehrt) schien den Filmgangstern keinen anderen Weg mehr zu lassen als den zu einer engeren Identifizierung mit der darwinistischen Routine des amerikanischen Materialismus und so weiter. Dank der Satire fing der einfache Durchschnittsamerikaner an, die Rolle des Gangsters zu besetzen, der sich ja ohnehin immer schon von dem einfachen Durchschnittsamerikaner angezogen gefühlt hatte. Auftritt Tony Soprano.

Seit der Anfangsepisode der *Sopranos*, als Tony seine erste Panikattacke hatte, die ihn sofort sympathisch machte, und er dann einen Mann, der ihm Geld schuldete, verfolgte und zusammenschlug, was ihn sofort abstoßend machte, waren die *Sopranos* ein Problem. Einige Leute, eingeschüchtert von all der Gewalttätigkeit und verwirrt von den unklaren Signalen, gaben sich unbeeindruckt von dem verstörendsten Schauspiel, das je im Fernsehen gezeigt wurde. Aber daß man nicht wußte, wie man auf die Serie reagieren sollte und sich für die richtige Interpretation nicht an irgendwelche kulturellen Präzedenzfälle halten konnte, macht wesentlich die Originalität der *Sopranos* aus. Nachdem die Kultur Gewalt und Erniedrigung metaphorisiert und kommerzialisiert und komödifiziert hatte - als ob Gewalt und Erniedrigung letztlich kulturelle Phänomene und nicht reale Erfahrungen wären -, brachten die *Sopranos* Brutalität und Roheit ins wirkliche Leben zurück. Das Ärgerliche am amerikanischen Gangsterfilm war immer, daß er einen trotz all seiner impliziten oder expliziten Analogien zwischen Gangstertum und der verborgenen Unterseite des American way of life von der Realität der Gewalt und Brutalität abgelenkt hatte. Die *Sopranos* sind dagegen erbarmungslos in der Entidealisierung ihrer Protagonisten. Der Witz dieser Serie behält niemals das letzte Wort zum Thema. Sie läßt einen nie vergessen, daß man an einem emotionalen und physischen Horror Gefallen findet.

Tony und seine Gang - das sind wir *nicht*. Sie und ich fahren nicht mit einer blutigen Leiche im Kofferraum durch die Stadt. Tony und seine Gang sind nicht die Regierung Bush. Und die Beziehung zwischen Tonys wirklicher Familie und seiner Gangster-»Familie« ist nicht symbolisch oder gar ironisch. Wie könnte selbst die »dysfunktionalste« amerikanische Familie wie eine kriminelle Organisation sein, es sei denn, sie wäre tatsächlich eine kriminelle Organisation? Unsere ganze Kultur ist verhext vom Vergleich, von der unablässig vermittelnden und beschützenden Präposition »wie«. Die Dinge gleiten ständig - und demokratisch - in andere Dinge; ein Film, ein Buch, ein Prozeß, ein Skandal werden soziale und politische Palimpseste, um ausgepackt, analysiert, interpretiert zu werden, so daß schließlich nach all den Kommentaren die realen Tatsachen und Ereignisse des Lebens zu netten, gemütlichen Abstraktionen reduziert worden sind mit einer einfachen, bequemen Moral und Schlußfolgerung. Nichts darf einfach nur sein, seiner eigenen Natur folgen. Aber eine Person ist eine Besonderheit ohne Zweck; eine Person kann nicht an ein »wie« angehängt werden. Das wissen Romanautoren am besten, und romanhaft wäre durchaus eine passende Charakterisierung der *Sopranos*. (Deshalb können sie übrigens auch erst angemessen kritisiert werden, wenn die jeweilige Staffel vorbei ist. Würde ein Literaturkritiker etwa nur die ersten Kapitel eines Romans rezensieren?)

Die Sopranos sind eine Fuge unvergleichbarer, unbegreifbarer Persönlichkeiten. Sie lassen sich nicht mit anderen Kategorien fassen. All ihre Verwandlungen finden innerhalb ihrer selbst statt. Ein Beispiel: Tony Sopranos schwache, leidende psychische Unterseite zieht ihn zu Dr. Jennifer Melfi, die sich von Tonys Machismo angezogen fühlt, weil die Männer in der Welt, in der sie lebt - wie ihr Freund, der vor ihren Augen von Tonys Freund, dem Kriminalbeamten, zusammengeschlagen wird -, schwach und ambivalent sind, aber sie fühlt sich auch abgestoßen von Tonys Brutalität, so wie sie von dem brutalen Angriff auf ihren Freund abgestoßen war. Sie hat das Gefühl, Tony helfen zu können, weiß aber, daß sie es nicht kann, aber sie möchte es trotzdem tun, und Tony macht ihr Angst, aber sie fühlt sich zu ihm hingezogen, weil sie seine elementare Kraft in ihrem Leben braucht, so wie sie einen Mann in ihrem Leben braucht, obwohl Tony das Letzte ist, was sie brauchen könnte, da sie stark und selbständig und human ist (die einzige Figur dieser Art in dieser Galerie der beschädigten und beschädigenden Menschen), obwohl Tonys Einfluß sie zeitweilig auch schwach, deprimiert, alkoholabhängig macht und abhängig von ihrem Psychoanalytiker und ihrem geschiedenen Mann und roh und gefühllos, obwohl sie ein anständiger Mensch und eine fürsorgliche Mutter bleibt.

Und doch verspürt sie nach ihrer Vergewaltigung und der Freilassung des Vergewaltigers wegen einer rein juristischen Formsache den Impuls, Tony zu bitten, den Vergewaltiger zu verletzen oder zu töten, aber als Tony, der gemerkt hat, daß ihr etwas Schreckliches zugestoßen ist, sie bittet, ihm zu sagen, ob er irgend etwas für sie tun kann, weiß sie, daß dies die Gelegenheit für sie ist, Macht zu erlangen und sich an dem Mann, der sie vergewaltigt hat, zu rächen, und sie schaut Tony mit genau dessen Grausamkeit an und sagt »Nein!«, als ob sie den Drang, ihren Vergewaltiger töten zu lassen, zu einer Aggression gegen den Mann sublimiert hätte, dessen Wildheit ihr jenen Drang eingegeben hatte, und so auf einen Schlag Tony und Tonys Anziehungskraft für sie zunichte macht, obwohl sie diese Anziehungskraft unbewußt oder vielleicht halbbewußt lebendig erhält durch die Intensität ihrer Reaktion. Und all das im amerikanischen Fernsehen!

Ein weiteres Beispiel: Carmela Soprano profitiert von Tonys Brutalität, versucht aber, sich über die eigentliche Grundlage ihres Lebensunterhalts etwas vorzumachen, indem sie etwa rituelle Ausflüge mit ihrer Tochter Meadow ins Plaza Hotel unternimmt, wo Carmela dann lange weiße Handschuhe trägt, die sie aber auf eine unbeholfene Weise selbst unter diesem nicht gerade vornehmen Publikum auffallen lassen, als ob die häßliche Wirklichkeit ihres Lebens hinter ihr stünde – das ist ihr unausweichliches Schicksal, diese unausweichliche grelle Geschmacklosigkeit. Carmela liebt Tony nicht, sie braucht Tony, sie haßt Tony; die materiellen Dinge in ihrem Leben, zu denen sie sich flüchtet, um Tony zu vergessen, haben ihren Ursprung und Unterhalt in Tony, und so kann sie in ihrem großen Ehebett, ihrem großen Schlafzimmer, vor ihrem großen Fernseher nachts ihren großen Tony in die Arme nehmen und sich vormachen, daß der von ihr verachtete Ehemann in Wirklichkeit die materiellen Dinge ist, die sie so liebt, und daß ihr Glück eins ist mit ihrer Ehe. Und doch erhofft sie sich von Furio, Tonys italienischem Bodyguard, Tony entkommen zu können, und von Wegler, dem schulischen Betreuer ihres Sohnes Anthony, zu dem sie sich hingezogen fühlt, weil er ihrem schwachen Sohn eine Chance gibt, und dem sie die Vaterfunktion aufhalst: Sie versucht immer wieder, ihn dazu zu bringen, ihrem Sohn zu helfen, denn je mehr er sich ihrer Familie widmet, desto mehr liebt sie ihn. Und so begeht sie zum erstenmal nach zwanzigjähriger Ehe Ehebruch, aber

Wegler glaubt, daß sie ihn ausnützt, um ihrem Sohn zu helfen, und sie glaubt, daß sie ihn liebt, und deshalb hat sie keine Bedenken, ihn um einen Gefallen für ihren Sohn zu bitten, und sie liebt ihn wirklich in ihrer Phantasie-Flucht-Welt, Wegler hat also nicht recht, aber sie benützt ihn wirklich, Wegler hat also recht, und als er ihr sagt, daß er die Beziehung beenden will, da droht sie ihm mit einem plötzlichen bösartigen Glitzern in den Augen, genau wie Tony es getan hätte, denn wenn sie jemals von Tony getrennt leben könnte, dann würde sie sich verhalten müssen wie er, um den Umstand zu kompensieren, daß er nicht da wäre, und das kann sie auf die Dauer nicht, also kehrt sie nach ihrer Trennung zu ihm zurück, wo sie unter ihm leiden und versuchen wird, von ihm getrennt zu leben, aber in Sicherheit.

Und da ist Tony selber. Zunächst ist er das gelegentliche Opfer der nutzlosen Bemühungen der Serie, ihn zum Repräsentanten der Gegenwart zu machen – Dr. Melfi wird von Tony angestiftet, mit ihm über »die latente Aggressivität in der amerikanischen Gesellschaft« zu reden. Tony hat Sehnsucht nach der Zeit starker Männer und unterwürfiger Frauen, er hat Sehnsucht nach einer Zeit, in der die Menschen sich an die Regeln hielten, als alles seinen Ort in der sozialen Hierarchie hatte: Er hat Sehnsucht, sagt er seinem Sohn wütend, nach 1954. Dieser Tony ähnelt darin dem Filmgangster von ehedem, daß er auf etwas außerhalb seiner selbst verweist, in diesem Fall auf diese paradigmatische amerikanische Figur, die raubgierige Unschuld, den destruktiven Kreativen, einen echten Gangster, der auch dann noch von den Regeln spricht, wenn er dagegen verstößt, der auch dann noch Hierarchien in den Himmel hebt, wenn er sie untergräbt, der sich seinen Weg durch die Hölle lächelt, die er zu schaffen hilft. Und es geht immer weiter. Gibt es ein besseres Beispiel für den vorsätzlich, gerissen und lächelnd seinen Illusionen folgenden Amerikaner als diesen Gangster mittleren Alters, der immer noch die Gestalt Gary Coopers als ein Musterbild von Männlichkeit und Tugend im Gedächtnis bewahrt und dem man als kleinem Jungen erzählte, daß sein Vater, der im Gefängnis saß, ein Cowboy in Montana sei?

Aber etwa in der Mitte der ersten Staffel hatte sich die Figur des Tony offensichtlich den rationalen Intentionen ihrer Schöpfer entzogen und fing an, sich unkontrollierbar in ihrer Phantasie zu entwickeln. Tony beginnt als eine Borderlinepersönlichkeit, der Terminus technicus für einen klinischen Narzißten. Er verkörpert perfekt die Merkmale dieses sehr zeitgemäßen Zustandes: Leere, Fragmentiertheit, überwältigende Scham, Wut, manipulativer Charme, was mit Anfällen von Selbsthaß und der Fähigkeit zum »Splitting« abwechselt, der Tendenz, Personen zu idealisieren und sie dann wütend zu dämonisieren, wenn sie uns abweisen oder enttäuschen; als Melfi sich den zarten Verführungsversuchen des anscheinend verliebten Tony widersetzt, geht er wütend auf sie los, beschimpft sie und bringt sie fast um. Borderlinepersönlichkeiten haben fast immer Eltern, die an demselben Symptomenkomplex leiden, und mit Livia, Tonys Mutter, einer Figur von fast griechischer Böswilligkeit, die allen Ernstes plant, ihren Sohn zu ermorden, erreicht der klinische Narzißmus den Gipfel seiner verheerenden Unvollkommenheit. Einer von Tonys Lieblingsflüchen, mit dem er all die anderen mörderischen Bekloppten in seiner Welt bedenkt, ist »motherless fuck«, was im Kontext des klinischen Narzißmus geradezu poetische Kraft gewinnt.

Aber dann gewinnt die Figur des Tony jene zweckfreie Besonderheit, die jeder großen dichterischen Schöpfung zugrunde liegt. Tony empfindet Rührung gegenüber Tieren, hat furchtbare Angst vor einem Bären, weigert sich aus Familiensinn, gegen seinen verräterischen Onkel Junior vorzugehen, verabscheut das FBI und erlaubt den Beamten doch, ihm ein Band vorzuspielen, das ihn vor seiner Mutter und dem Komplott seines Onkels warnt, kommt seiner Schwester Janis zu Hilfe, als sie ihn braucht, aber demütigt sie vor ihrem neuen Freund Bobby, als er sie wegen ihres Glücks beneidet, läßt den Polizisten, der ihm einen Strafzettel ausgestellt hat, strafversetzen, kriegt ein schlechtes Gewissen und versucht, dem Polizisten wieder seinen alten Job zu verschaffen – und tut dann seinen moralischen Impuls achselzuckend ab mit einem »Fuck it, geschieht ihm ganz recht«.

Diese Fuge der gleitenden Bedeutung innerhalb einer jeden Figur geht immer weiter. Doch alle Bedeutung ist letztlich bedeutungslos. Kein Wunder, daß Tony in einer Episode immer wieder die Wasserspülung der Toilette bedient, um zu verhindern, daß das FBI eine Unterhaltung elektronisch abhört; kein Wunder, daß er eine ganze Episode mit Defäkation und Erbrechen verbringt; kein Wunder, daß Adriana sich übergibt, als das FBI sie terrorisiert. All dies Innenleben, wie all die psychologische Introspektion mit Dr. Melfi, führt nirgendwohin. Man kann solche Leute nicht interpretieren. Man muß über sie urteilen.

Trotz all ihrem Sex, ihrer Gewaltsamkeit und ihren Flüchen, die alles Frühere überbieten, stellen die *Sopranos* eine Reaktion gegen das Ideal des Alles-Frühere-Überbietens dar. Es ist ein lebendes Gemälde in der Art von Hieronymus Bosch, das zeigt, was geschieht, wenn man sich bis zum bitteren Ende von der Kultur einreden läßt, seine Sinne, koste es, was es wolle, zu befriedigen. Tony und die Menschen in seiner Gang, in seiner Welt, sind Trompe-l'œil-Menschen. Ihre heftige innere Bewegung verweist auf eine Humanität, die nicht existiert. Tony: »Vielleicht war ich zu faul, um selber zu denken.« Carmela: »Was richtig war, habe ich aufgegeben für das, was einfach war.« In seiner großen Szene – seiner großen Arie – in Dr. Melfis Praxis gegen Ende der ersten Staffel beschreibt Tony sich mit starkem Selbstekel als »den roboterhaften Gefangenen meiner Weicheischwäche«. Alle Figuren der Serie tanzen nach der Pfeife ihrer Instinkte, ihrer unbewußten Wünsche.

»Süchtig machend« ist ein Wort, das nachlässig auf unterhaltsame Fernsehserien angewandt wird, aber die *Sopranos* machen ganz buchstäblich süchtig: Sie liefern jede Woche ein Porträt von Leuten, die tatsächlich, als ob sie das wildeste Versprechen der Kultur einlösten, unmittelbar ihren Impulsen folgen. Es gibt keine Lücke, keinen Zwischenraum zwischen dem, was sie tun wollen, und dem, was sie tun. Wenn man sich gut dabei fühlt, tun sie's. (Wie Tonys Therapie ist auch bei seinem psychotischen Neffen die Zwölfstufenbehandlung gegen Alkoholmißbrauch ein hoffnungsloses Unterfangen.) Sie scheinen die Grenze zwischen dem Bewußten und dem Unbewußten aufgehoben zu haben. Tonys Unbewußtes holt ihn allemal ein; deshalb träumt er so viel und so intensiv. Die in der Serie dargestellten Existenzen sind nicht irrational, sie sind vorrational und in diesem Sinne atavistisch (wie die ungestüme, pulsierende Musik des Bada-Bing-Clubs, die durch jede Episode jagt) und deshalb zutiefst faszinierend. Die Faszination, die die *Sopranos* auf die Zuschauer ausüben, liefert ein perfektes Beispiel für die von Charles Dickens so genannte »Anziehungskraft des Abstoßenden«.

Aber es gibt einen weiteren, tieferliegenden Grund für die enorme Popularität der *Sopranos*. Es hat etwas mit der Ehrlichkeit der Realitätsdarstellung in dieser Serie zu tun in einer Zeit, wo das Reality-TV seinen dämlichen Angriff auf Kunst wie auf Realität unternimmt. Die Reality-Shows mit ihrer Erzwingung betrügerischer Erscheinungen, mit ihren simplen, platten Bedeutungen wollen die Intuition verkrüppeln, wollen das Gefühl des Zuschauers unterdrücken, daß die Dinge nicht das sind, was sie zu sein scheinen. Das Reality-TV ersetzt die kathartische Phantasiewelt der Populärkultur durch die Präsentation einer offenkundigen Lüge. Die *Sopranos* mit ihrer originellen Mischung aus Naturalismus und hanebüchener Theatralik bieten ein Gegenmittel gegen all diesen unbeseitigten Müll.

Die nachtwandlerisch sicheren Leistungen jedes Schauspielers dieser Serie reflektieren den aktuellen, durch den Geschäftssinn exponentiell gesteigerten Kampf zwischen der Erscheinung und der Realität der Dinge. In den *Sopranos* werden die Erscheinungen regelmäßig und trotzdem auf schockierende Weise mißachtet. Carmelas plötzliche bösartige Bedrohung Weglers – outriert und doch auf faszinierende Weise überzeugend, oder Tonys ebenso plötzlicher unerwarteter Wechsel von zärtlicher Verführungskunst zu mörderischer Wut in der Szene mit Dr. Melfi: Genauso würden diese Menschen handeln, wenn sie wirklich wären, und ihr Verhalten ist ein Echo unseres Wissens, auf der tiefsten intuitiven Ebene, wie die Menschen wirklich sind. Und diese wirklich wirkliche Unwirklichkeit, die sich dann ergibt, wenn das Innenleben und das äußere Leben konvergieren, reflektiert das Wesen der *Sopranos*. Die Serie ist eine umfangreiche Studie der Besonderheit der menschlichen Existenz, der Endgültigkeit der inneren Beschaffenheit des Menschen. Wie Tonys Innenleben ist der moralische Dreck in dieser aufgeklärt-illusionslosen Serie einfach da. Er ist, wie manche Jungs in bestimmten Vierteln von South Jersey sagen würden, was er ist. Endlich Menschen, die nicht mit Transzendenz hausieren gehen! In einer Kultur der Freizeit-Transzendenz, wo Veränderung »unser Freund« ist, wo alles letztlich »wie« alles andere ist, ist es eine Wohltat, populärer Kunst zu begegnen, die den Realitätssinn nicht abstumpft, sondern ihn schärft.

Aus dem Englischen von Siegfried Kohlhammer

Helmut Lethen

Die Evidenz des Schmerzes

Die Kultivierung der Distanz stammt aus der Tradition der europäischen Moralistik von Castiglione bis La Rochefoucauld. In ihren Anleitungen zu klugem Verhalten entwerfen sie einen öffentlichen Bewegungsraum, in dem Bloßstellung intimen Empfindens vermieden werden soll und der Kult der Aufrichtigkeit suspekt ist. Verhaltenslehren der Distanz befolgen zu wollen, macht das Leben nicht gerade leichter. Sie zimmern einen Wunschraum des Umgangs, in dem die reflexive »Kälte« einer Person als Medium lebenspendender Grenzziehungen begrüßt wird.[1] Ganz entspannt geht es darin nicht zu; die Verhaltenslehren der Distanz erfordern einen Balanceakt. Es gibt plötzlich hereinbrechende Situationen, die gemeistert werden müssen, in denen ein Impuls wie der Schmerz »nackt« in Erscheinung zu treten droht. »Nacktheit« des Ausdrucks ist auf jeden Fall zu vermeiden.

Im 20. Jahrhundert wurden zur wissenschaftlichen Legitimierung des Distanzverhaltens, das sich in Deutschland nicht hatte einbürgern können, speziell philosophische Anthropologien entworfen. Sie begründen die Annahme, daß der Mensch »von Natur aus« auf Entfremdung angewiesen ist, auch mit Hilfe der theoretischen Biologie. »Künstlichkeit im Handeln, Denken und Träumen«, liest man 1928 in Helmuth Plessners *Die Stufen des Organischen und der Mensch*, »ist das innere Mittel, wodurch der Mensch als lebendiges Naturwesen mit sich in Einklang steht«. Das Psychische muß sich in den Medien der Distanz verlieren, um zu sich zu gelangen. Spontan im Ausdruck ist, Plessner zufolge, auch das Tier. Der Mensch dagegen kommt als zeichenherstellendes Lebewesen nur in Sphären der symbolischen Ordnung, ihren Bildern, Sprachen, Schriften und Ritualen, in denen er die Welt mit anderen teilt, zu seinem naturgemäßen Ausdruck.

Wie gehen die Lehren der Distanz mit dem Schmerz um? Vielleicht führt die Antwort auf diese Frage zur Entdeckung einer verborgenen Rückseite der Verhaltenslehren der Kälte. Helmuth Plessner machte 1941 in seiner Studie *Lachen und Weinen* kein Geheimnis daraus, was für ihn offen zutage lag. Mitten im Krieg, in dem der Schmerz an allen Fronten mit Sinn aufgeladen wurde, konnte er in ihm weder eine Gelegenheit zu existentialistischer Seinsvergewisserung noch zu heroischer Selbstbestätigung erblicken. »Im Tatbestand des körperlichen Schmerzes ist die Übermacht seines Einschneidens und die Ohnmacht des Ausgeliefertseins an ihn evident. Schmerz ist wehrloses Zurückgeworfensein auf den Körper«. Das wird gesagt, ohne in diesem »Tatbestand« ein Indiz ontologischer Letztbegründung zu feiern oder etwa, wie spätere Schmerztheoretiker, ein untrügliches Anzeichen unseres »vordiskursiven In-der-Welt-Seins« zu begrüßen. Um zu diesen Sätzen zu kommen,

[1] Vgl. Helmut Lethen, *Verhaltenslehren der Kälte*. Frankfurt: Suhrkamp 1994.

mußten in Jahrhunderten zuvor aufgetürmte Sinnschichten des Schmerzes abgebaut werden. Es war die Leistung der Kombination von Physiologie und Ästhetizismus, daß gegen Ende des 19. Jahrhunderts vom Schmerz als angeblichem »Potential der Kultur« nur noch ein elektrischer Impuls, der durch die Nerven schießt, übriggeblieben war. Jetzt erst kursierten Erzählungen, in denen der Schmerz nur eines bedeutet, nämlich nichts.[2] Jetzt treffen wir auf Texte, in denen die Imagination des Schmerzes die Kunst der Ausdruckslosigkeit verlangt.

I

Gegen Ende des 19. Jahrhunderts läßt sich Paul Valéry in *Monsieur Teste* auf den rationalen Nervendiskurs der Physiologen ein, wünscht sich für das Nervensystem aber eine besondere Schaltung, die es »mit Sicherungen« versieht, »die bei zu heftiger Erregung, und wenn der Wille es wünscht, die Verbindungen zwischen den Zentren und den Auslösern der Emotionen unterbrechen und die Störung auf die Nulleitung umlenken«. Diese Lösung entwirft Paul Valéry 1893 für seine Versuchsperson Edmond Teste, einen Typus der nicht nur Robert Musil, sondern auch die Avantgardisten in den zwanziger Jahren faszinieren wird, zumindest könnten sie seine Behausung entworfen haben. Teste wohnt zweckmäßig. Wir finden ihn in einem kleinen, notdürftig möblierten Appartement. »In dem grünlichen, nach Minze riechenden Zimmer war rings um die Kerze bloß das trostlose abstrakte Mobiliar – Bett, Uhr, Spiegelschrank, zwei Armstühle – als seien es Vernunftwesen«. Eine »frostige Kammer«, rein und distinkt, ein kartesianisches Logis. Wie ein Dandy geht Teste davon aus, daß die »Intensität der Gefühle« sich nicht für Distinktion zwischen den Menschen eignet. Der Ausdruck großer Leidenschaften profiliert, wie er weiß, den Menschen nicht, sondern ebnet die Unterschiede zwischen den Charakteren ein. Weder exzentrischer Geschmack noch Anschmiegung an aristokratisches Gehabe erzielen, scheint ihm, den Distinktionsgewinn, den nur der graue Intellekt verschaffen kann. »Distinguo ergo sum – dies sei das allgemeine Glied meiner Logik«, hatte Montaigne gesagt, und sein später Nachfahr findet darin Unterscheidungsenergie und Charakterstärke genug.

Monsieur Teste ist ein Typus, der intellektuelle Herrschaft im »isolierten System« seines Selbst beansprucht; der die Mitwelt mit einem »Trennungsblick« betrachtet, »extreme Kälte« ausstrahlt und auch in schlimmer Lage nicht klagt, sondern statt dessen die »Knöpfe an der Jacke des Henkers« zählt. Die psychische Innenschau ist ihm zwar nicht fremd, aber, wenn Introspektion nicht zu umgehen ist, gilt es, »bis an die Zähne bewaffnet in sich selbst einzudringen«. Gefährlich ist er auch, denn er will die Kategorie des Rechts aus den Köpfen tilgen und braucht, wie er bekennt, den »Feind« als lebendigen Widerstand. Erlaubt sich dieser Mustertyp reflexiver Kälte Schwächen? Von Zeit zu Zeit gestattet er sich Liebe, die, wie Madame Teste

[2] Vgl. David B. Morris, *Geschichte des Schmerzes*. Frankfurt: Suhrkamp 1996.

berichtet, für ihn darin bestehe, »miteinander tierisch-töricht sein zu können mit jeder Freiheit zu Dummheit und Bestialität«.

Der Typus Teste sollte Zukunft haben. Aber während Paul Valéry den Typus noch als »unmögliche Existenz« entworfen hatte, weil er wußte, daß er sich in Wirklichkeit »nicht über die Dauer einiger Viertelstunden hinausdehnen« lasse, spüren Avantgardisten ihn im sozialen Umfeld auf, entdecken ihn – wie Brecht – unter den nomadischen Existenzen der Städtebewohner oder – wie Benjamin – in der Gestalt des Sowjetfunktionärs, der in Moskau seine Zelte provisorisch in beschlagnahmten Zimmern der geflohenen oder deportierten Bourgeoisie aufschlägt. Während es Valéry noch bewußt war, daß es das Geschäft der Intellektuellen ist, »mittels Zeichen, Namen, Symbolen alles aufzurühren ohne das Gegengewicht wirklicher Handlungen«, trägt die Avantgarde ihre gefährlichen Reizmittel auf den Kampfplatz der Politik. Im Vergleich dazu scheint Monsieur Teste eine harmlose Experimentalfigur zu sein. Ihm liegt vor allem daran, die Souveränität des rationalen Denkens durch nichts zu Fall bringen zu lassen. Die Krise ist vorhersehbar.

Am Abend nach einem Theaterbesuch schweigt Monsieur Teste plötzlich: »Er litt Schmerzen«. Nun dürfen wir ihn beim Zubettgehen beobachten: »Er zog sich in aller Ruhe aus. Sein hagerer Körper badete sich in Bettüchern und war wie tot. Dann drehte er sich und tauchte tiefer in das zu kurze Bett«. Teste hebt zu einem Monolog über seine Körperwahrnehmung als Kind an, klammert sich an die Behauptung, sich auch physisch »in- und auswendig zu kennen« und erklärt seine Liebe zum vertrauten Linnen, das ihn umschmiege »wie Sand«, wenn er sich tot stelle. Bis – »Ah«. Seine Rede stockt, als ob er plötzlich einen »Materialfehler« in dem ihn umhüllenden Laken spüre. Den Linguisten kann dieses »Ah« beschäftigen. Es ist weder Seufzer noch Interjektion. Eher ein verhaltener Atemzug, die Aufmerksamkeit des Beobachters auf etwas lenkend, das sich dagegen sperrt, als Gegenstand einer Mitteilung aufgelöst zu werden. Hat Teste eine »Sicherung« im Nervensystem eingeschaltet, um »die Störung auf eine Nulleitung« umzulenken?

Valéry markiert von nun an die Unterbrechungen im Text durch drei Punkte. Beim ersten Ansturm des Schmerzes hatte Teste noch versucht, die Pein dem Fernsinn des Auges zu unterwerfen. Aber sein Versuch, den Schmerz mit Namen geometrischer Figuren zu taufen, scheint ausdrucksleer. Es sei »nichts Besonderes«, beteuert er, höchstens ein Zufall, der eine Zehntelsekunde dauere, nichts Nachhaltiges also. Bald gibt er den Versuch, den Schmerz zu benennen, auf. Das expressive »Ah« fällt weg. Jetzt ergibt die Wiederholung der Auslassungspunkte im Text einen gewissen Taktschlag. Sind es Signale, die aus unerträglicher Nähe die Nachricht funken, daß der Geist ein Epiphänomen des Körpers ist? Nein, keine Nachricht dringt zu ihm. Bezeichnen die Lücken etwa Skepsis gegenüber der Repräsentationsleistung der Sprache? »Denken stört nichts«, heißt es lapidar – und hebt nichts auf. Schlaf wird ersehnt. Hier herrscht einfach kein Interesse an der Übersetzung physiologisch evidenter Irritationen in ausdrucksvolle Emotion.

Während die Psychologie dieser Jahrzehnte subtile Phasen auf einer gleitenden Skala vom physiologischen Zustand bis zum Endpunkt des psychischen Erlebnisses konstruiert, konterkariert Valérys Text jeden Vermittlungsversuch, der in Psychologie münden könnte. Die Unterbrechungen des Textes machen kein Fenster zu existentiellen Abgründen oder verdunkelten Geschichten der Psyche auf. »Wenn der Schmerz plötzlich einbricht, erhellt er keine Vergangenheit: er illuminiert nur die gegenwärtigen Körperzonen. Er ruft lokalen Widerstand hervor und reduziert das Bewußtsein auf eine kurze Gegenwart, auf einen zusammengeschnurrten, seines künftigen Horizonts beraubten Augenblick«. Jean Starobinski zog 1984 mit diesen Sätzen in seiner *Kleinen Geschichte des Körpergefühls* die Quintessenz des Abends mit Monsieur Teste, und er schloß sich Valérys Erkenntnis an: »Die Intensität des Schmerzes« lasse sich »umgekehrt an der Freiheit bemessen, die sie einem läßt«. Er ermahnt uns, mit Valéry die Grenzen der Psychoanalyse zu akzeptieren, und zitiert Freud, der, nachdem ihm ein Furunkel aufgeschnitten worden war, an Fließ geschrieben hatte, das Empfindungsmaterial des Schmerzes könne *erzählend* nicht bewältigt werden: »es tut zu weh«.

Der Schmerz findet im *Teste* zwar die rhetorische Form der drei Auslassungspunkte, aber keinen »Ausdruck« im Sinne des 18. Jahrhunderts. Valéry entfernt den Ausdruck, indem er ihn, wie Adorno in seinem Essay *Valérys Abweichungen* beobachtet, in die Extreme von Bewußtsein und zufälligem Impuls des Körpers polarisiert. Der Zufall des Schmerzes durchkreuzt sprachlos die Grammatik des Monsieur Teste, der deklariert hat, »Herr seiner Gedanken« zu sein. »Die kleinen, unerklärlichen Fakten«, wird Valéry später bemerken, »enthalten in sich immer genug um alle Erklärungen der großen Fakten zu entkräften«. Physischer Schmerz wird als lokales Körperereignis vom Psychischen abgespalten. Im Gegensatz zur Neurose bildet dieser physische Schmerz beim besten Willen kein narratives Kondensat. Diese Art Schmerz trägt, Valéry zufolge, »keine Bedeutung«.

Daß der Schmerz keine Bedeutung trage, ist ein Gedanke, der den historischen Endpunkt einer Entwicklung markiert, in der der Schmerz endgültig aus seinen traditionellen kulturellen Codierungen gelöst zu sein scheint und sich zum ersten Mal, wie David B. Morris feststellt, als »sprachresistenter Gegenstand« aufwirft. Die Möglichkeit, einen solchen Satz zu formulieren, setzt die gewaltigen Abräumarbeiten voraus, mit der Physiologen und Anatomen im 19. Jahrhundert scheinbar endgültig die christliche Semantik aus dem kulturellen Körper entfernt hatten. Autoren des Ästhetizismus der Jahrhundertwende wie Joris Karl Huysman unterstützen die Abbaumaßnahmen, wenn sie ihre Wahrnehmungsschärfe an der Radikalität messen, mit der sie Kategorien der Moral, des Rechts und der Theologie in ihren Beschreibungen schmerzhafter Prozeduren löschen. Valérys Entdeckung, daß der Schmerz keine Bedeutung trage, befindet sich in Nachbarschaft von Nietzsches Diktum »Gott ist tot«. Der Satz entfernt viel Sinn und verspricht nichts als eine selbstgewisse Intensität der Endlichkeit. Mit Valérys Satz legt sich die Kälte des Weltalls auf unsere Knochen, ohne daß wir von der Mitwelt und ihren therapeutischen Versprechen dagegen abgeschirmt werden. Valéry macht die Unerträglichkeit seines Gedankens zum Indiz der Wahrheit. Jetzt bleibt vom Schmerz nichts als ein stumpfer Widerstand, den das

Bewußtsein einer lokalen Disposition des Körpers entgegensetzt. Daß vom Schmerz die steinalte Dimension der kulturellen Sinngebung entfernt wurde, ist im Fall Valéry Resultat der Polarisierung der Empfindung in die Extreme des rationalen Bewußtseins einerseits und des unverfügbaren Körperzufalls andererseits. Schmerz wird nicht als Gefühl behandelt. Mit dem Begriff des Gefühls als *moral sense* war im 18. Jahrhundert eine Brücke zwischen Physischem und Moralischem konstruiert worden. Im 19. Jahrhundert wird die Verbindung so nachhaltig zerstört, daß an seinem Ausgang Schmerz wieder so mitmenschenleer erscheinen kann wie im barocken Trauerspiel.

Die Erfindung der Tabula rasa sinnleeren Schmerzes kann sich für eine historische Schrecksekunde und allein in Gestalt der »unmöglichen Existenz« des Monsieur Teste behaupten. Die Einsicht in die Sinnfremdheit des Schmerzes hatte keine Zukunft. Man findet sie versprengt und eingekapselt in schwer zugänglichen Formen zuweilen in der modernen Literatur. Im 20. Jahrhundert wird seine kulturelle Codierung erst recht auf Touren kommen. Denn an dem hier skizzierten, spärlich oder bengalisch beleuchteten Nullpunkt der Sinngebung in den achtziger und neunziger Jahren des 19. Jahrhunderts werden die Weichen für Richtungen kultureller Schmerzbearbeitungen gestellt, die im 20. Jahrhundert dominieren werden, zum Beispiel die Aufwertung des Schmerzes zum Kontakt mit dem »Urgrund des Seins« im Ersten Weltkrieg und der Gang des Schmerzes in die Archive des Wissens, die alexandrinische Wende des Schmerzes in den Kulturwissenschaften gegen Ende des 20. Jahrhunderts.

II

Der Straßburger Soziologe David Le Breton kam in seiner Abhandlung über den Schmerz zu dem Ergebnis, daß jede Gesellschaft den Schmerz in ihr Weltbild integriert und ihm einen Wert zuspricht, der ihm seine »unmittelbare Nacktheit« nimmt. »Die kollektive Bedeutung, die dem Schmerz zugesprochen wird, und die ritualisierten Bekundungen, durch die er sich den anderen mitteilt, sind zugleich symbolische Abwehrmechanismen, auf die der Mensch zurückgreifen kann, um sein Leiden unter Kontrolle zu bringen«.[3]

Als der Chirurg Ferdinand Sauerbruch und der Pädagoge Hans Wenke 1937 die Schrift *Wesen und Bedeutung des Schmerzes* herausgeben, können sie auf eine Zeit unermeßlichen Kriegsleidens zurücksehen. Die Weimarer Republik war ein Zeitraum gewesen, in dem man mit zwei gegenläufigen Strebungen fertigwerden mußte. Der Krieg hatte der metaphysischen Sinngebung des Schmerzes Auftrieb gegeben, die Niederlage hatte den trostlosen Gedanken, daß alles Leid umsonst war, nahegelegt. In den Wissenschaften der Republik kursierten zwar unterschiedliche Konzeptionen des Schmerzes, die Republikgegner waren sich allerdings einig, daß der »Liberalismus« gegen den Schmerz nicht mehr aufzubieten hätte als die Narkose.

Seltsamerweise wird 1937 der Weltkrieg in dem Kapitel »Ärztliche Er-

[3] David Le Breton, *Schmerz. Eine Kulturgeschichte*. Zürich: Diaphanes 2003.

fahrungen über den Schmerz« nur in Zusammenhang mit einem erstaunlichen Phänomen, der Herabsetzung des Schmerzes, erwähnt, das die Chirurgen früher »Wundstupor« genannt hatten: »Wer als Arzt im Felde unsere braven Kameraden zu betreuen hatte, der weiß aus hundertfältiger Beobachtung, daß viele unter der Last und den Strapazen des Dienstes oder der zermürbenden Wirkung von andauernder Spannung und Gefahr, von Erschütterung und Schreck, sich selbst verloren. Dann reichte ihr Denken nicht einmal mehr für die primitiven vegetativen Lebensfunktionen aus. In einer solchen Verfassung war kein Raum mehr für die Schmerzempfindung, so daß notwendige Eingriffe ohne künstliche Betäubung möglich waren.«

Daß der psychisch bedingte »Wundstupor« nicht nur ein Zeichen der Erschöpfung, sondern auch eine Begleiterscheinung des Heldenmuts sein konnte, erläutert Sauerbruch am Beispiel eines Leutnants, der, begeistert über seine Beförderung, einen nächtlichen Sturmtrupp führt und danach die Amputation seines Arms kaum bemerkt. Daß der Chirurg sich an diese Form herabgesetzter Schmerzempfindung erinnert, ist symptomatisch für die zwei Jahrzehnte nach dem Krieg gewesen, die vom Willen gekennzeichnet waren, sich gegen den Schmerz zu immunisieren. Die Faszination des Phänomens »Wundstupor« verknüpfen die Autoren einerseits mit dem »altpreußischen Ideal soldatischer Erziehung«, andererseits mit Nietzsches Gedanken vom Schmerz als »arterhaltendem Wert«. Vor allem aber scheinen sie im Bann von Ernst Jüngers Schrift *Über den Schmerz* zu stehen, die drei Jahre zuvor erschienen war. Der Schmerz erscheine bei Jünger als der »eigentliche Urgrund des Lebens«. »Disziplin« bezeichne Jünger als »die Form, durch die der Mensch die Berührung mit dem Schmerz« und damit seinen Kontakt mit dem Elementarreich des Lebens aufrechterhalte. Jünger militarisiert den Gedanken Nietzsches, daß im Zeitalter des Nihilismus der Schmerz aufgesucht werden müsse. Und zwar nicht, um sich dem üblichen »Kultus des Leidens« einzugliedern, sondern um, wie Nietzsche in der *Fröhlichen Wissenschaft* bemerkt, »alles Gutmütige, Verschleiernde, Milde, Mittlere, wohinein wir vielleicht vordem unsere Menschlichkeit gesetzt haben, von uns zu tun«. Zwar verbessere diese Haltung den Menschen keineswegs im moralischen Sinne, intensiviere aber seine Existenz und statte ihn – zumindest für die kurze Dauer des extremen physischen Schmerzes – mit einer *Kälte* des Blicks aus, der ihn in die Lage versetze, therapeutische Versprechen und Angebote der Sinngebung abzuweisen. Im Gegensatz zu Nietzsche zielt Jünger auf die »Rüstung« gegen den Schmerz.

Bei aller Bewunderung für den Heroismus Ernst Jüngers intervenieren die Autoren mit dem Hinweis auf das Ethos des Arztes, der sich von seiner Aufgabe der Schmerzvermeidung nicht durch die Empfehlung altpreußischer Ideale ablenken lassen dürfe. Die leichte Reserve der beiden Wissenschaftler ist verständlich. Um ein Gegengewicht zur ideologischen Aufwertung des Schmerzes als eines unentbehrlichen Potentials der Kultur zu gewinnen, referieren sie unter anderem Sichtweisen der Umweltlehre und der Psychoanalyse. In Jakob von Uexkülls Umweltmodell ist Schmerz ein geeignetes Mittel, um den Organismen die Bedingungen ihres körperlichen Daseins und ihrer Umwelt zu verdeutlichen. Er ist das Merkmal des eigenen Körpers, der starke Hemmungen setzt, »die den Ablauf einer begonnenen Handlung, welche den Körper schädigt, unter allen Umständen verhindern«. Für die psychoanalytische Deutung ist der Schmerz das Signal einer Durchbrechung des psychischen Reizschutzes, die zu einer Hemmung des Lebens wird. Aus der unterschiedlich begründeten Zweckmäßigkeit des Schmerzes für den Organismus ließ sich seine kulturelle Sinnhaftigkeit nicht ableiten.

Obwohl die Kenntnis dieser Theorien die beiden Autoren skeptisch gegenüber Jüngers Schmerzbegeisterung gemacht haben sollte, bleibt ihr Einspruch seltsam schwach. Sie zitieren aus Nicolai Hartmanns *Ethik* aus dem Jahre 1926 den Gedanken, daß die »Leidensfähigkeit den Reichtum des Menschentums« ausmache, wie eine Parole. Daß dem Schmerz jeder positive Sinn fehlen könnte, ist für sie kein Gedanke, mit dem sich leben ließe. Sie lassen die Sinngebung durch Heroismus als autosuggestive Technik der Schmerzvermeidung zu, sofern sie zur »Totalität der Person« passe. Formen der symbolischen Aufladung des Schmerzes gelten ihnen als »echt«, wenn sie der Eigenart des Menschen entsprechen – und es gibt eben auch altpreußische Eigenarten. In jedem Fall soll Schmerz als Bestandteil der Bipolarität von Lust und Schmerz als Schicksal angenommen werden.

Sauerbruchs und Wenkes Text ist ein Schauplatz, auf dem zwei Denkstile aufeinandertreffen. Der Chirurg setzt auf die pharmakologische Bekämpfung des Schmerzes. Die Psychologie, dekretiert er, »kann dabei nicht helfen«. Der Schmerz ist »objektiv« der Schmerz. Trotz Wenkes Rückblick auf die Kette subtiler Vermittlungsversuche von Psychologie und Physiologie zwischen 1880 und 1937 zeigt der gemeinsame Text mit Sauerbruch die harte Fügung zweier Denkwelten, die sich arrangieren wollen. Welchem physiologischen Zustand der Schmerz auch immer zugeschrieben wird, sein psychischer Ausdruck kann offenbar willkürlich für jede Art Sinngebung zugerichtet werden. So können die Autoren nach Überlegungen, die in viele Himmelsrichtungen zielen, zu dem Fazit kommen: »Der körperliche Schmerz erscheint, für sich betrachtet, oft grausam, aber wenn wir den Blick erweitern, kann es nicht verborgen bleiben, daß er einem höheren Sinn dient«.

Im Zeichen des ärztlichen Ethos trennen die Autoren sich von Jünger, der die Wahrnehmung des Schmerzes von jeder Empathie reinigen wollte und empfohlen hatte, die Frontlinie des Schmerzes aufzusuchen, um an ihr die Haltung der Apathie und die Kälte des Blicks als Formen des Heroismus zu stählen. Aber wenn Jünger sich auch auf Nietzsche beruft, im Gegensatz zu diesem bleibt er ein Anwalt der Schmerzvergessenheit. Als Martin Heidegger später Jüngers Traktat liest, notiert er auf einem Handzettel: »Eine Abhandlung *Über den Schmerz*, die gar nie und nirgends vom Schmerz handelt«.[4] Zwar beschreibe Jünger den Schmerz als Element des Willens zur Macht, er schwinge sich aber als *homo militaris* auf eine Kommandohöhe (»J. redet überall in der Sprache d. Wehrmachtberichtes«), von der aus er über den Schmerz

[4] Martin Heidegger, *Zu Ernst Jünger*. Gesamtausgabe Bd. 90. Frankfurt: Klostermann 2004.

als einen Gegenstand verfügen zu können glaube. Im Text finde sich keine Öffnung für das Wesen des Schmerzes, sondern vielmehr eine Haltung oder ein Ethos, das den Schmerz zum Probierstein des Heroismus mache.

Könne man dieser Art Heroismus, fragt Heidegger, nicht auch triviale Namen geben, zum Beispiel die der »Abstumpfung, Unwissenheit und Gleichgültigkeit«? Jünger wisse sich dem Schmerz nie »ausgeliefert«, wie man dem »Willen zur Macht« ausgeliefert sei. Er entleere ihn vielmehr, um die soldatische »Haltung« zum Schmerz zum kulturellen Wert zu machen: »Deshalb kommt zum Schluß der Ladenhüter aller verendenden Metaphysik: die Sinn-gebung«. Jünger bleibe dem Diskurs neusachlicher Sentimentalität verhaftet, insofern seine Rede von der nötigen »Härte« und »Kälte« sich provokativ gegen die Welt bürgerlicher »Empfindsamkeit« absetze und somit die Bindung an sie nie verliere. So überrascht es nicht, daß Heidegger die Sinnsuche des Schmerz-Traktats als Form einer »Narkose« bezeichnet, die der konservativen Kulturkritik bis heute als Kennzeichen des flachen Liberalismus gilt. »J. handelt nur von einer nicht verstandenen metaphys. Narkose. ›Die Bewegung‹ gegen den Schmerz ist die ›Bewegung‹ zur Besinnungslosigkeit innerhalb der unbedingten Sinnlosigkeit«. Die Rüstung, auf die bei Jünger alles hinauslaufe, sei das sichtbare Anzeichen der Besinnungslosigkeit. Heideggers Seitenhieb gegen Jüngers Fetisch der »Rüstung« läßt erkennen, wie viel ihm an der ungerüsteten Auslieferung an den Schmerz gelegen ist.

Heideggers Kritik erblickt im Jahre 2004 das Licht der Öffentlichkeit. Sie diente, wie auch Heideggers Bemerkungen zu Jüngers *Arbeiter* in den Jahren 1939/1940, der nachträglichen Selbstaufklärung des Philosophen im ideologischen Milieu der Diktatur. Die kritische Distanz, die Heidegger zu Beginn des Krieges im kleinen Freiburger Zirkel oder in der Heimlichkeit der Randbemerkung zu erkennen gibt, können sich Chirurg und Psychologe 1937 in der Öffentlichkeit ihrer Broschüre nicht leisten. Indirekt bestätigen sie die Diagnose, die Jünger dem Liberalismus der Weimarer Republik gestellt hatte. Der Liberalismus ist für ihn eine Gesellschaftsform, die den Schmerz mit vielfältigen Mitteln der Anästhesie zum Schweigen bringt, aus den Binnenräumen der Gesellschaft an die Ränder treibt, wo in Kliniken, Gefängnissen und Kasernen Spezialisten des Schmerzes ihre Arbeit verrichten, während ihre Massenmedien Bilder des Schmerzes in den Innenraum der Gesellschaft einspeisen, wo sie wie Drogen inhaliert werden. Eine Aktivität des stoischen Bewußtseins ist auf den Plätzen der Republik nicht mehr erforderlich. Die Abspaltung des Schmerzes ist der Flucht technischer Bilder überantwortet. Ataraxia stellt sich im Raum moderner Medien automatisch her. Ein irritierender Befund des »denkenden Kriegers« (Heidegger), der uns heute wieder Kopfzerbrechen machen kann.

Als Ferdinand Sauerbruch 1950 seine Memoiren *Das war mein Leben* in der Illustrierten *Revue* veröffentlicht, erinnert er sich wieder an den fabelhaften »Wundstupor« seines Leutnants im Ersten Weltkrieg. Ein Chirurg, erklärt uns Sauerbruch, inzwischen der bekannteste aller »Halbgötter in Weiß« der frühen Bundesrepublik, teile den Horror des Laien beim Anblick der Ver-

Die Prämien

Prämie 1
Bernhard von Mutius:
Die andere Intelligenz

Was läßt sich aus der Hirnforschung für die Politik lernen? Was verbindet Psychologie und Börse, was Genetik und Literatur? Welche übergreifenden Muster helfen uns, komplexe Probleme besser zu verstehen? Man könnte auch sagen, wir müssen neu denken lernen. Wie wir morgen denken könnten, zeigt dieses spannende Buch.

Prämie 2
Fernand Braudel:
Modell Italien 1450 – 1650

200 Jahre lang, von 1450 bis 1650, liefert Italien ein Modell für ganz Europa, für seine Künste, seine Wirtschaft, seine Wissenschaft. In diesem opulenten Bildband mit 173 vierfarbigen Abbildungen ergänzen sich Illustrationen höchster Qualität und ein fundierter, elegant geschriebener Text aufs beste.

Prämie 3
Peter Bender:
Weltmacht Amerika – Das neue Rom

Droht den USA das gleiche Schicksal wie einst dem antiken Imperium? Ein brisanter politisch-historischer Essay

Merkur Sonderhefte 1997 bis 2004

jeweils € 18,– (D) / sFr 32,40, zzgl. Versandkosten: Inland € 1,50 / Ausland € 3,50

Merkur 9/10 '1997
Kapitalismus als Schicksal? Zur Politik der Entgrenzung
ISBN 3-12-974073-2

Merkur 9/10 '1998
Postmoderne. Eine Bilanz
ISBN 3-12-974193-3

Merkur 9/10 '1999
Nach Gott fragen. Über das Religiöse
ISBN 3-608-97007-X

Merkur 9/10 '2000
Europa oder Amerika? Zur Zukunft des Westens
ISBN 3-608-97018-5

Merkur 9/10 '2001
Zukunft denken. Nach den Utopien
ISBN 3-608-97029-0

Merkur 9/10 '2002
Lachen. Über westliche Zivilisation
ISBN 3-608-97040-1

Merkur 9/10 '2003
Kapitalismus oder Barberei?
ISBN 3-608-97051-7

Merkur 9/10 '2004
Ressentiment! Zur Kritik der Kultur
ISBN 3-608-97062-2

Weitere Informationen im Internet: Unter www.online-merkur.de finden Sie die jeweils aktuellen Vorankündigungen, sämtliche lieferbaren älteren Ausgaben, und Sie können gezielt nach Autoren und Stichworten recherchieren sowie sich in den Presseverteiler eintragen lassen.

Ich abonniere die Zeitschrift Merkur (jährlich 10 Hefte und ein Sonderheft)

☐ **Normalabonnement** € 98,– (D)* / sFr 163,–* ab Heft _____ (Jahresabonnement)

☐ **Vorzugsabonnement** € 72,– (D)* / sFr 120,–* ab Heft _____
(Jahresabonnement für Studenten gegen Vorlage einer Bescheinigung)

☐ Ich bestelle folgende Merkur-Hefte ____________________

☐ Ich bin Abonnent des Merkur mit der Kundennummer ____________________

*Mindestbezugszeitraum: ein Jahr, alle Preise incl. MwSt (in Drittländern außerhalb der EU gelten die angegebenen Preise netto), zzgl. Versandkosten: Inland € 9,60 / Ausland € 21,60 jährlich. Preise freibleibend, Stand 2004/2005.

Bitte schicken Sie an meine umseitige Adresse:

☐ Prämie 1 **Mutius, Die andere Intelligenz**

☐ Prämie 2 **Braudel, Modell Italien**

☐ Prämie 3 **Bender, Weltmacht Amerika**

Datum/Unterschrift

Wenn sie den Merkur verschenken möchten, tragen Sie bitte hier die Lieferanschrift ein:

Vorname und Name

Straße und Hausnummer

PLZ und Ort

Telefon

e-mail

Bei Fragen zum (Geschenk-) Abonnement Tel: 07 11/66 72-16 48.

Bitte beachten Sie: wenn Sie ihr Abonnement nicht spätestens vier Wochen vor Ende des Bezugszeitraums kündigen, verlängert es sich automatisch um ein Jahr. J.G.Cotta'sche Buchhandlung Nachfolger GmbH, Stuttgart HRB 1890, UST-IDNr. DE 811 122517; Geschäftsführer: Michael Klett

KV 2111

stümmelungen nicht – »wo käme er da hin«. Er habe den Krieg als lehrreichen Experimentalraum erlebt, in dem er auch jenes erstaunliche Erlebnis des schmerzfreien Leutnants hatte. Während er den Arm von den Tuchfetzen befreite, habe der Leutnant einen großartigen Bericht des Angriffs erstattet: »Er war so vertieft in seinen Bericht, daß ich einen Versuch anzustellen beschloß. Während er sprach und ich durch eingeworfene Fragen ihn zu weiterem Erzählen anregte, konnte ich ohne jegliche Betäubung den Arm im Ellenbogengelenk abnehmen. Ehe er sich versah, war der Arm extrakuliert. Wir hatten den Schmerz betrogen«. Die Bonner Republik war trotz offizieller Rituale der Schuldkultur ein guter Resonanzraum für Erzählungen vom sagenhaften »Wundstupor«.

III

Am Abend des Herrn Teste im Jahre 1893 hatte der Schmerz seinen ersten literarischen Auftritt als sprachresistenter Gegenstand im Milieu des Gedankenexperiments und einer gewöhnlichen Neuralgie. Im 20. Jahrhundert überschritten die Erscheinungsformen des Schmerzes herkömmliche Arten der Repräsentation. Wer aber gegenwärtig ernsthaft den Schmerz als sprachresistenten Gegenstand bezeichnet, steht auf verlorenem Posten. Kommunikationswissenschaften, analytische Philosophie, Psychologie und Medientheorie wehren den Gedanken eines sprachresistenten Gegenstands rigoros ab. Als außersprachliches Ereignis ist Schmerz kein Gegenstand von Wissenschaften, die ihn nur als diskursives Ereignis beschreiben können. Das ist verständlich und zeigt die Grenzen dieser Disziplinen. Auch die Forschungsberichte von David B. Morris und David Le Breton, die Erfahrungen von Schmerzkliniken einbeziehen, betonen, daß die menschliche Physiologie vom Raster sozialer und kultureller Symbole durchdrungen und darum nur in ihren kulturellen Codierungen zu erfassen ist. Jede Äußerung des Schmerzes habe, wie Le Breton in seiner Soziologie des Schmerzes formuliert, eine intersubjektive Dimension: »In der Beziehung zu seinem Körper speichert das Individuum die verspürten Empfindungen nicht einfach ab, sondern transformiert sie in seine eigenen Kategorien, die es mit anderen Mitgliedern seiner Bezugsgruppe teilt, die zugleich aber seine persönliche Note tragen.«

Trotz der begründeten Skepsis gegenüber der »Stummheit des Körpers« hat die amerikanische Forscherin Elaine Scarry erneut die Sprachresistenz des Schmerzes behauptet. 1985 erscheint ihr Buch *The Body in Pain*. Die Autorin hatte eine Datenbank des Schmerzes in den Archiven von Amnesty International gefunden. Aus den hier eingesehenen Protokollen folgert sie, daß extremer Schmerz durch Nichtkommunizierbarkeit gekennzeichnet ist. Er biete der Sprache nicht nur Widerstand, sondern zerstöre sie. »Der Schmerz ist nicht von oder nach etwas: Schmerz ist nur er selbst.« Seine Objektlosigkeit mache es »nahezu« unmöglich, ihn in Worte zu fassen. Schmerz sei sprachlich nicht »in die Welt« zu holen; denn er bestehe in Weltverlust. Wenn man spreche, greife das Ich über die Grenzen des Körpers hinaus und besetze einen Raum, der, größer als der Körper, die Welt des Menschen bilde.

Extremer physischer Schmerz zerstöre das Vermögen zur symbolischen Erweiterung des Raums. Er reduziere das Individuum auf die reine Gegenwart des Körpers. Seines Distanzbildungsvermögens beraubt, gebe sich der Schmerzerfüllte der Folter preis. Für deren Agenten sei die gesamte Gefühlswelt des Opfers eine »externalisierte Landkarte«, die sie nach den Regeln ihrer Kunst bearbeiten könnten.[5]

Die Kritik an Scarrys Behauptung der Sprachresistenz hat betont, daß die Kluft zwischen dem »Schweigen des realen Körpers« und dem Sprechen über den »symbolisch konstruierten Körper« zwar durch nichts zu überbrücken sei, daß sich die Individuen aber im kommunikativen Handeln ihre intersubjektiv geteilte Lebenswelt so aneignen, daß ihre Körpererfahrungen für andere mitteilbar werden.[6] Wie wäre es sonst zu verstehen, daß sich Elaine Scarry mit Hilfe eines Textarchivs ein Bild vom Weltverlust der Opfer machen könne. Im Augenblick seiner Schilderung sei der Schmerz eine Konstruktion, die in Sprache kodifiziert, in Texten gespeichert, in Archiven geordnet, behütet oder vergessen wird. Im Gegensatz zu Ärzten haben es Kulturwissenschaftler immer mit artifiziellen Formen des Schmerzes zu tun. Die Wende der Kulturwissenschaft geht indessen einen Schritt weiter: Im historischen Archiv der Ausdrucksmuster sind die Möglichkeitsbedingungen des Schmerzausdrucks gespeichert. Damit ist eine Richtung eingeschlagen, die Nietzsche dem Typ des alexandrinischen Gelehrten zuschreibt, wenn er ihn einen »Bibliothekar und Corrector« der Natur nennt. Mit dieser Wendung kann es zu der erstaunlichen Formulierung kommen: »Auch im Namen des Schmerzes gibt es nur Ausschnitte der Bibliothek zu sehen«. Der Schmerz hat keine separate Naturseite mehr, die sich (kultur)wissenschaftlich beobachten ließe.

Heiko Christians, der den zitierten Satz prägte, hat 1999 ein Buch vorgelegt, in dem er mit großer Gelehrsamkeit das Archiv der europäischen Literatur auf die Topik der Rede vom Schmerz hin untersucht.[7] Er überprüft, mit welchen diskursiven Verfahren der Effekt der Evidenz des Schmerzes erzeugt wurde und entdeckt eine über Jahrhunderte konstante Topik der Rede, ein unheimlich begrenztes rhetorisches Repertoire. Die Archive sind angefüllt mit Texten, in denen der Schmerz »blitzartig« das Netz der Rede zerreißt, um einen Durchblick auf scheinbar unterschwellig Reales zu gewähren. Die Evidenz des Schmerzes rührt aber laut Christians nicht von einem Riß, der den Schleier der Kommunikation zerreiße und einen Blick auf unser vordiskursives »In-der-Welt-Sein« zuließe, sondern gibt lediglich den Blick auf einen benachbarten symbolischen Code frei. Hier trifft man auch auf die Rhetorik des »Tiers« im Menschen, das im Schmerz die zivile Oberfläche der Ausdrucksbeherrschung durchbricht. Es ist ebenfalls im Archiv zu Hause

---

[5] Elaine Scarry, *Der Körper im Schmerz*. Frankfurt: Fischer 1992.

[6] Vgl. Jakob Tanner, *Körpererfahrung, Schmerz und die Konstruktion des Kulturellen*. In: *Historische Anthropologie*, Heft 1, 1994.

[7] Heiko Christians, *Über den Schmerz. Eine Untersuchung von Gemeinplätzen*. Berlin: Akademie 1999.

und hat die Aufgabe, sich im Schmerz von innen durch die Diskurse der Selbstgewißheit des Menschen zu wühlen.

Was die überlieferten Formen der Darstellung des Schmerzes betrifft, ist dieser Ansatz schwer zu widerlegen. Die Rede vom Schmerz in Philosophie, Kultur und Medizingeschichte folgt einer festgelegten Topographie von Oberfläche und Tiefe. Auch bei *Monsieur Teste* durchschlägt der Schmerz »blitzartig« die künstlichen Gehäuse der Selbstgewißheit, der Angriff erfolgt aus einer unterschwelligen Zone. Läßt aber die Entdeckung des begrenzten Repertoires der Rhetorik nicht auch einen anderen Schluß zu? Ist auszuschließen, daß die Sprachformen deshalb so konstant sind, weil sie Empfindungen korrespondieren und deshalb imstande sind, Erfahrungen intersubjektiv abzugleichen?

Die Metaphern des Schmerzes sind nach einer räumlichen Ordnung modelliert, in der wie bei anderen Metaphern von Bewußtseinszuständen und Empfindungen Wachsamkeit, Bewußtsein und Kontrolle *oben* und der Schlaf, in den man sinkt, die Ohnmacht, in die man fällt und das Chaos, in das man stürzt, in räumlicher *Tiefe* angesiedelt werden.[8] Sprachforscher haben diese Eigenart metaphorischen Redens in fast allen Sprachen festgestellt. Es liegt also nahe anzunehmen, daß die Formeln der Rede vom Schmerz auf Dauer kodifiziert werden konnten, weil sie Empfindungen korrespondieren und den intersubjektiven Austausch der Erfahrung ermöglichen. Sie werden in Archiven gespeichert und *zeigen* auf Erfahrungen. Warum getrennte Sphären (Reich der artifiziellen Zeichen – Reich unmittelbarer Empfindungen) konstruieren, wenn gegenseitige Abhängigkeit wahrscheinlich ist?

IV

Heiko Christians zitiert in seinen Überlegungen zur »Medialität« des Schmerzes unversehens eine Schmerzformel von Jean Améry: »Der Schmerz ist im Augenblick seiner Schilderung eine Konstruktion, ist immer nur als Text kommunikabel. Noch der extreme, kaum durch ein ›Flackern‹ oder eine ›Entspannung‹ unterbrochene Schmerz, den nach übereinstimmenden Berichten ein Knochenbruch verursacht, sperrt den Betroffenen dadurch ein. Das solcherart geplagte, als mit ›aufgerissenen‹ Augen oder als ›schrill quäkendes Schlachtferkel‹ beschriebene Opfer befindet sich … mitten im Meer von Fiktionen … Wenn sich ein Mensch vor Schmerzen ›Wie ein Tier‹ am Boden windet, und damit die ihn im Reich der Lebewesen erst konstituierenden Unterschiede des aufrechten Gangs und der artikulierten Rede selbst nicht mehr machen kann, klappern die Textwebstühle um so lauter.«

Der Ausdruck »schrill quäkendes Schlachtferkel« ist Jean Amérys Erinnerung an die Folterung, der er im Juli 1943 bei der Gestapo in Brüssel ausgeliefert war, entnommen. Amérys Essay *Die Tortur* aus dem Jahre 1964 nimmt Gedanken, die Elaine Scarry zwei Jahrzehnte später theoretisch erläutern

8 Vgl. George Lakoff/Mark Johnson, *Metaphors We Live By*. Chicago: Chicago University Press 1980.

wird, vorweg. Vielleicht haben beide Autoren sich von Sartres Gedanken, daß das Schmerzbewußtsein »die interne Negation der Welt« sei, inspirieren lassen. Auch Améry berichtet, daß extremer Schmerz das Vermögen zur symbolischen Ausweitung des Körperraums zerstört. Nach dem Verlust des »Weltvertrauens« liegt die Gefühlswelt des Gequälten auch in seinem Fall wie eine Landkarte für jeden Zugriff offen. Améry erinnert sich, am Kulminationspunkt der Qual »wie ein schrill quäkendes Schlachtferkel« geschrien zu haben. Kein Zweifel, die Arbeit der sprachlichen Rekonstruktion zwingt Améry, aus dem Archiv der Ausdrucksformeln die Tierbildkarte zu ziehen. Verliert sich damit die Kommunikation über den Schmerz in der Bibliothek? Die Tierbildkarte wird von Améry in der Rekonstruktion des Ereignisses zu kommunikativen Zwecken gezogen. Sie *zeigt* auf ein Ereignis, das subhuman und sprachresistent war und bleibt. »Der Schmerz war, der er war«, sagt Améry. Allerdings arbeiten seine Reflexionen mit einem Kunstgriff. Natürlich orientiert sich der Mensch, Améry zufolge, in einer Welt der Formeln. Er führt über zwanzig Hinweise und Anspielungen auf Kommunikationsmuster des Schmerzes an, von der etymologischen Herleitung des Wortes »Tortur«, Protokollen von Gefolterten, die er in der *Neuen Weltbühne* in den dreißiger Jahren vor seiner Inhaftierung las, Graham Greenes Kommentaren zu Fotografien von Folterungen in Vietnam, kriminologischen Abhandlungen über die Folter in Algerien, Hannah Arendts Bericht *Eichmann in Jerusalem* bis zu physiologischen Abhandlungen eines Professors für Chirurgie am Collège de France. Diese Vorstellungsmuster gehören zur vertrauten Textumwelt, die sich anbietet, um die Peinigung im Rückblick zu vergegenwärtigen. Im extremen Schmerz wird diese Zeichenwelt durchschlagen.

Um dem Weltverlust im Schmerz Evidenz zu verschaffen, inszeniert Améry den plötzlichen Ausfall der im Archiv gelagerten Formeln: »Es wäre ohne alle Vernunft, hier die mir zugefügten Schmerzen beschreiben zu wollen. War es ›wie glühendes Eisen in meinen Schultern‹, und war dieses ›wie ein mir in den Hinterkopf gestoßener stumpfer Holzpfahl?‹ – ein Vergleichbild würde nur für das andere stehen, und am Ende wären wir reihum genasführt im hoffnungslosen Karussell der Gleichnisrede. Der Schmerz war, der er war. Darüber hinaus ist nichts zu sagen.« Améry vergegenwärtigt das Ereignis, indem er die Kette fehlschlagender Formeln zitiert, die versagenden Register der Sprache vorführt, um das Ereignis als ein Widerfahrnis jenseits des Archivs der Vorstellung zugänglich zu machen. Das *Ereignis* des Schmerzes ist eine Falltür in seiner Bibliothek. Der Sturz in den namenlosen Schmerz endet jedoch nicht dort. Im imaginierten Sturz fand Améry die Tierbildkarte in einer der Karteien der gespeicherten Affektkataloge. Er weiß, daß dieser Griff nicht originell ist, aber er braucht die Karte, um – mitten im Archiv – auf das nicht archivierbare Erlebnis zu *zeigen*.

Vielleicht läßt sich Amérys Dilemma der Unsagbarkeit von einem Gesichtspunkt aus klären, den Sartre, Amérys bevorzugter Philosoph, vorgeschlagen hat. Sartre nimmt in *Das Sein und das Nichts* verschiedene ontologische Dimensionen des Körpers an. Das Erleben des Schmerzes vom Blickpunkt des *Körpers-Für-mich* ist nicht beschreibbar. Die Beschreibung der Tortur bewegt sich dagegen als Teil einer Erzählung in einer anderen Dimension der Körperwahrnehmung, die die Fremdwahrnehmung des Körpers als Objekt der Kommunikation, wie sie die anderen vollziehen, einbezieht und der eigenen Beschreibung zugrunde legt. Für Amérys Schmerzerleben trifft zu, was schon Valéry kartesianisch begriff: Es illuminiert nur Körperzonen, reduziert das Bewußtsein, erhellt keine Vergangenheit, raubt den Horizont und dampft den Menschen auf die reine Gegenwart des Körpers ein. Obwohl er auf Heidegger, Bataille und Sartre anspielt, versagt Améry sich jede existentialistische Aufladung des Ereignisses. Es eignet sich einfach nicht dazu, sich als ein Beispiel für das Gewahrwerden des »eigentlichen Seins« des Menschen in einer existentialistischen Erzählung aufzulösen. Der Sturz in die Weltlosigkeit ist in der subhumanen Metapher angemessen angezeigt.

Im Zeichen der Evidenz ist ein Wechselspiel von Geben und Nehmen, Herstellen und Empfangen, Konstruktion und Widerfahrnis zu erkennen. Die Evidenz des Schmerzes wird zum Beispiel durch die Inszenierung eines Sturzes aus dem Archiv traditioneller Schmerzformeln konstruiert. Ist mit der Hervorhebung des konstruktiven Faktors die Evidenzerfahrung ganz erfaßt? Mit den Symbolen der Verständigung in Bildern und Sprache rücken wir die Phänomene auf Distanz, um sie im Austausch mit anderen so nah wie möglich zu haben. Das kann nur gutgehen, wenn wir die nehmende Seite der Evidenz einbeziehen. Denn was wäre Evidenz ohne die Sensation der Berührung, ohne Müdigkeit oder Begeisterung, ohne den Stich des Körpers oder die Gewißheit, ein Geschöpf Gottes zu sein? Was widerfährt, verschlägt den Atem, läßt uns an die Decke gehen oder liefert uns dem Schwindelgefühl reiner Gegenwart aus.

V

Haben meine Beobachtungen je die Denkwelt der *Verhaltenslehren der Kälte* verlassen? Ihr archimedischer Punkt liegt in unmittelbarer Nachbarschaft zum Stoizismus des Monsieur Teste. Warum nicht länger in dessen Bauhaus-Wohnung bleiben? Schmerz war hier nichts als ein psychisch getönter Bewegungsimpuls, der gegen einen Widerstand vordringt, da ihm der Ausweg versperrt ist. Ein »motorisches Phänomen«, wie es in der Neuen Phänomenologie heißt, das in Redewendungen wie »die Wände hochgehen« nicht werthaltig, sondern *mimetisch* nachvollziehbar und mitteilbar wird.[9] Die Redewendung beschreibt die Vergeblichkeit eines Bewegungsimpulses, der zur Rückgewinnung der Kontrolle nach *oben* strebt.

Auch Monsieur Teste »erwartet«, wie es heißt, den Schrei, in den er sich hineinlegen könnte, um »aus der Haut zu fahren«. Er läßt ihn warten. Der Schmerz führt lediglich zu Bewegungen, in denen sich das Selbst in Gegenwart verliert. Das scheint als Erklärungsmodell nicht viel zu sein. Vielleicht läßt es aber verstehen, warum sich dem Zeitalter extremen Schmerzes die Signaturen des »Weltverlusts« und der »Verlassenheit« als Erkennungsmerkmale einschreiben konnten.

---

9 Hermann Schmitz, *System der Philosophie. Die Gegenwart*. Bonn: Bouvier 1964.

Harald Hartung

Das Gedicht, die Daten und die Schöne Zunge

Sieben Dichter in ihren Gesamtausgaben

Wenn Gesamtausgaben Zeichen für die Kanonisierung von Autoren sind, dann haben die Lyriker – vor den Erzählern! – die größere Chance. Sie sind die Igel, die am Ende der Ackerzeile den japsenden Hasen ihr »Ick bün all hier« entgegenrufen. Sie sind, bei aller Langsamkeit, die Wendigeren; Vers kommt von *vertere*, wenden. Kluge Prosaschreiber, verdammt, alle zwei Jahre mit einem Roman zur Stelle zu sein, bewundern gelegentlich die Lyriker, weil sie sich Zeit lassen können. Martin Walser ging sogar so weit zu sagen: »Ich glaube, es gibt keinen Schriftsteller, der nicht am liebsten Lyriker wäre.« Und die lächerlichen acht Mark fünfzig, die der Poet laut Benn monatlich verdient? Da könnte man sich auf Baudelaire berufen, der behauptete, gute Gedichte hätten noch nie einen Verleger ruiniert; die Poesie sei die Art Anlage, die am meisten einbringe; freilich heimse man erst spät die Zinsen ein. Diese Aussicht *post mortem* dürfte nicht alle Lyriker trösten; und so mag ihnen die Gesamtausgabe immerhin als Kompensation vorkommen: als schmucker Sarkophag oder als Kühltruhe potentieller Auferstehung. Faktum ist: Es gibt sie jedenfalls, die lyrischen Gesamtausgaben, und die Erzähler schauen in die Röhre.

Auf meinem Tisch liegt ein gutes halbes Dutzend solcher Sammelbände. Keiner älter als zwei Jahre. Keiner unter 400 Seiten, einer immerhin über 800 Seiten. Ein Klassiker der Moderne ist dabei (Paul Celan, 1920 – 1970), dann ein Autor mit verspäteter Gesamtausgabe (Nicolas Born, 1937 – 1979); aber auch rüstige Dichter und Dichterinnen zwischen sechzig und achtzig: Friederike Mayröcker (geboren 1924), Wulf Kirsten (1934), Robert Schindel (1944). Dazu bringt Oskar Pastior (1927) mit zwei Bänden eine Werkausgabe in Schwung, die den »Zustand einer relativen Vorläufigkeit« anstrebt und noch weitere Bände erwarten läßt; und Günter Grass (1927), der schon alles hat sammeln lassen, erjagt auf dem weiten Feld seiner Poesie noch einmal eine *Lyrische Beute:* nämlich zu hundert beigegebenen Zeichnungen hundertvierzig seiner man möchte sagen *schönsten* Gedichte.

Die Ökonomie kriselt; der Überbau erzittert; und die Avantgarde ist *vieux jeu*. Spielmarken wie Moderne Lyrik oder Lyrik der Postmoderne ziehen nicht mehr. Krisenfestes ist angesagt. Ist das die Stunde der Lyrik? Sie rechnet, immer noch, in langsameren Perioden. Auch sie, als lyrische Moderne, selbst als Nachmoderne ist sie sich inzwischen historisch geworden. Aber sie bietet Solides, Gereiftes, abseits der Slogans, der Etikettierungen.

Paul Celan, den man nicht ohne Pathos zur klassischen Moderne rechnet, hat sich gegen begriffliche Einvernahmen früh und vergeblich gewehrt. Für seine Büchner-Preis-Rede *Der Meridian* hatte er notiert: »Ich spreche, dies zunächst, nicht von ›moderner Lyrik‹, ich spreche vom Gedicht *heute.*« Zuvor aber benutzte er, nicht ohne Hintersinn, die Wendung »La poésie, elle aussi, brûle nos étapes« – was etwa heißt, eine Etappe überspringen, kein Marschquartier aufschlagen. Das ist ein Begriff aus dem Militärischen wie – nicht zufällig – der Begriff *Avantgarde.*

Daß Celan seine Etappen überspringen wollte, hing auch damit zusammen, daß er – menschlich wie poetisch – auf der Flucht war; auf der Flucht nach vorn. Auf der Flucht vor Gut- oder Böswilligen, die ihm die *Todesfuge* »lesebuchreif gedroschen« hatten; aber auch vor jenen, die seiner Lyrik jeden Wirklichkeitsgehalt absprachen und anläßlich der *Todesfuge* von »kontrapunktischen Exerzitien auf dem Notenpapier« sprachen. Vergessen wir nicht die Megäre, die Celan mit einem unqualifizierten Plagiatsvorwurf verfolgte, der für kurze Zeit auch in deutschen Feuilletons Gehör fand.

Die Furie der Verfolgung erscheint, in anderer Gestalt, noch zuletzt, zwei Monate vor Celans Tod, als in einer Bukarester Zeitschrift Immanuel Weißglas' auf 1944 datiertes Gedicht *Er* erschien. In ihm fanden sich Motive der *Todesfuge*, und Celan muß befürchtet haben, daß eine neue Plagiatskampagne auf ihn zukam. Mehr noch: Giuseppe Bevilacqua, der in seinen Celan-Studien den »Wegspuren ins Nichts«, das heißt in den Suizid, nachgegangen ist, zeigt, wie sich »der Gedanke an eine endgültige, freiwillig bewirkte ›Endlösung‹ im Gemüt des Dichters einnistete«. Celan habe schon sehr früh ein Gefühl seiner Aufgabe und seines Schicksals gehabt: »Zuletzt erlebte er das sicherlich als eine Parabel, eine Parabel, der es galt im richtigen Moment ein Ende zu setzen, anstatt dies den äußeren Umständen zu überlassen.«[1]

Ich erwähne diese biographischen Dinge, weil sie den Blick auf ein zentrales Motiv von Celans Arbeit lenken: auf das Gedicht, das seiner Daten eingedenk ist. Der Plagiatsvorwurf Claire Golls ließ es Celan geraten scheinen, die Entstehung seiner Gedichte zu dokumentieren, also Entwürfe, Fassungen, Reinschriften und Satzvorlagen zu datieren und aufzubewahren. Die beiden konkurrierenden kritischen Ausgaben, die Bonner und die Tübinger, dokumentieren das entsprechend. Doch solche Sicherung war für Celan mehr; sie gehörte zum Selbstverständnis seiner Poesie. Die *Meridian-Rede* setzt den Akut des Heutigen; setzt gegen Benns Monologismus das Dialogische, das Sprechen wider alle Hoffnung: »Aber das Gedicht spricht ja! Es bleibt seiner Daten eingedenk, aber – es spricht.« Welcher Daten eingedenk? Der »20. Jänner« datiert nicht bloß Lenz' Weg durchs Gebirg, er meint auch die Wannsee-Konferenz und die »Endlösung der Judenfrage«. »Vielleicht darf man sagen, daß jedem Gedicht sein 20. Jänner eingeschrieben bleibt?« heißt es in der Büchner-Rede. Celan gab diesen Wink 1960; die Forschung hat nach und nach verstanden.

Besonders genau vielleicht in der Kommentierung der einbändigen Gesamtausgabe von Celans Lyrik.[2] In dem Band *Die Gedichte* hat man nicht bloß

---

1 Giuseppe Bevilacqua, *Auf der Suche nach dem Atemkristall. Celan-Studien.* München: Hanser 2004.

2 Paul Celan, *Die Gedichte. Kommentierte Gesamtausgabe in einem Band.* Frankfurt: Suhrkamp 2003.

sämtliche Gedichte beisammen, die der Dichter publiziert oder nachgelassen hat, sondern auch einen von Barbara Wiedemann erstellten hochinformativen Kommentar. Er bringt nicht nur Entstehungs- und Publikationsdaten; er geht vor allem Celans Lesespuren nach – überraschenderweise vielen aus der Fachliteratur, aber auch aus Wochen- und Tagespresse. Der Band ist selbst ein *Datum,* ein Datum der Celan-Rezeption, vielleicht Anfang einer heilsamen Ernüchterung. Er beendet, so hofft man, den frömmelnden Ton, den viele Auslassungen über den Dichter immer noch anschlagen. Er läßt zudem auch jene Parabel erkennen, die Celans Werk beschreibt, erlaubt damit auch die Frage, wie sich diese in die Enge geführte Kunst zu ihrer auch zahlenmäßig enormen Ausfaltung verhält.

Ich habe bei Celan nicht nachgezählt. Doch im Fall der nun achtzigjährigen Friederike Mayröcker und den 855 Seiten des Bandes *Gesammelte Gedichte* sind es rund tausend Gedichte aus fünfundsechzig Jahren.[3] Das erste hier gedruckte stammt aus dem August 1939; das Gedicht einer Vierzehnjährigen hat ein zartes Nachsommeraroma: »ein frühkusz stürzt nachsommersüsz / wie eine Sonn' herab / ein reifer Blütenleib den blies / der Wind ins Grab.«

Aber nicht Stifter oder Hofmannsthal waren die entscheidenden Erfahrungen, sondern die in den fünfziger Jahren in Wien rezipierte internationale Avantgarde, vor allem Surrealismus und Konkrete Poesie. *Tod durch Musen* (1966) hieß Mayröckers erster Sammelband mit Gedichten 1945–1965; er trug den changierenden Gattungstitel *Poetische Texte.* Eugen Gomringer rechnete die Autorin im Nachwort dem »wachsenden Feld der experimentellen Literatur« zu, war aber auch bereit, sie trotzdem gern eine »Dichterin« zu nennen. Mayröcker wiederum zeigte sich bereit, auch mit modisch-versnobten Begriffen wie »Random« und »Entropie« zu kokettieren, sprach aber auch, simpler und bescheidener, von »Reiztexten«.

Die genaueste Beschreibung ihrer Methode gab sie 1983 in *Magische Blätter,* einem Bändchen Kommentare und Statements. Dort spricht sie von der »kalkulierten Jagd nach der fruchtbringenden Irritation von außen« und beschreibt das Ineinander von Leben und Kunst: »einziger Lebensreiz: allerhand dunkle Gefühle, Gedanken heraufziehen ins überblickbare Bewußtseinsfeld um sie dann bis zum äußersten zu entdecken und auszuzählen.« In Versalien fährt sie fort: »ICH SCHREIBE FÜR NERVENMENSCHEN.«

Seit fast sechzig Jahren führt Friederike Mayröcker ihr Schreibleben: Aus dem Hieronymusgehäus ihrer von Papieren zugewachsenen Wiener Wohnung sind über siebzig Bücher hervorgegangen, eine ununterbrochene Poesie. Altern als Problem für Künstler – so Benns berühmte Formulierung – scheint für die Mayröcker nicht zu existieren. Lassen wir die vielen Prosabücher beiseite, bleiben wir bei der Lyrik. Ihr Gedichtband von 1992 besingt *Das besessene Alter.* Rüstigkeit der Phantasie bezeugen sowohl die *Notizen auf einem Kamel* (1996) wie – geradezu augenzwinkernd – *Mein Arbeitstirol* (2003); und eben jetzt die Gesamtausgabe, die etwa zweihundert weitere Ge-

[3] Friederike Mayröcker, *Gesammelte Gedichte (1939–2003).* Frankfurt: Suhrkamp 2004.

dichte nachträgt. Wer das alles liest oder gelesen hat, ahnt den Preis, den diese strömende Poesie kostet. Wo Schreiben Leben ist und Leben Schreiben, herrscht »Biographielosigkeit«. Die Dichterin hat das mit mehr Verwunderung als Bedauern konstatiert. In einem der späten Gedichte lesen wir die wohl radikalste Formulierung ihres Lebensprogramms: »mich interessiert das nicht was in meinem / Körper vorgeht was mit meinem / Körper geschieht, solange er noch / sitzen kann und Wörter schreiben auf der Maschine.«

Mayröckers Wort- und Nervenkunst ist erstaunlich geschichtslos. Etwas wie die furiose Schilderung einer aufgeputschten Menge wie in Jandls *Heldenplatz* sucht man bei ihr vergebens. Immerhin kommen ein paar Stichworte vor, überwiegend in den früheren Gedichten: Katyn, Kirkenes, Budapest, Führerhauptquartier, oder die Reminiszenz: »September 44; am zehnten; vormittag; drei einarmige / machen noch keinen frieden.« Was Mayröcker an Lebensstoff aus einer »hermetischen Kindheit« herüberrettet, ist von Geschichte unverletzt – immerhin beim Jahrgang '24 erstaunlich. Biographielosigkeit heißt freilich nicht Abwesenheit von Schmerz. Davon spricht auf anrührende Weise das Requiem auf den Tod ihres Lebensgefährten. Aber dies *Requiem für Ernst Jandl* (2001) enthält auch die tröstende Überlegung, »daß man weiter mit diesem HERZ- und LIEBESGEFÄHRTEN sprechen kann nämlich weiter Gespräche führen kann«.

Jandl ist auch in den zwischen 1996 und 2001 geschriebenen Gedichten die Zentralgestalt; über zwanzig sind ihm ausdrücklich gewidmet. Mayröckers späte Lyrik insgesamt wird zum lyrischen Tagebuch, zur Mitschrift seelischer Prozesse als Sprachbewegungen. Einmal heißt eine Überschrift *Melancholie, oder das dritte Gedicht dieses Tages* – nämlich des 20. März 1999. Ein anderes Gedicht bezeichnet noch genauer seine Entstehung: »5. Juni 98, zwischen 4–5 Uhr früh.« Nach Jandls Tod wandelt sich der oft spielerisch-zärtliche Tonfall zum Ausdruck von Schmerz und Verlust. Ein volksliedhafter Ton klingt auf: »bin jetzt hier bist du noch dort / dort war Blume Schmerz und Wort / kann dir nicht sagen wie es hier ist – *oh daß du mir verloren bist.*«

In diesen späten Gedichten öffnet Friederike Mayröcker ihre Schreibweise. Die einst behauptete Biographielosigkeit verbarg einen Fond an erlebtem Leben, der nun im Alter zutage tritt. Immer noch ist ihr die Kunst enorm wichtig, hat sie »Sehnsucht nach meinen (noch) nicht geschriebenen Werken«. Aber nun geht es ihr um Wichtigeres, um das Ineinander von Leben und Kunst.

Die prägnanteste Formulierung dafür findet sich in einem titellosen Gedicht. Man möchte es einen Hymnus an das Leben nennen. Er beginnt mit einem Stammeln: »dies dies dies dieses Entzücken ich KLEBE an dieser Erde.« Die Dichterin rühmt die Wollust der Augen und die »Flitzerei« eines plötzlichen Engels, um in einem Ach zu enden: »ach ich KLEBE an diesem / Leben an diesem LEBENDGEDICHT.«

Zu solcher Emphase zeigt sich Oskar Pastior nicht bereit. Was Pastior vom Leben hält, läßt sich weder seinen Gedichten abziehen, noch dem Dichter als

Meinung abfragen. Seine Biographie – die eines Siebenbürgen-Deutschen vom Jahrgang 1927 – bringt ihn in die Nähe Celans; seine Poetologie eher in die Nachbarschaft Mayröckers, der experimentellen und Konkreten Poesie. Aber nichts von Wiener Impressionabilität. Pastiors Poetik läuft mit enormer Konsequenz auf eine eigene, früh angelegte Weise von Engführung hinaus. Pastior benutzt diesen Ausdruck selbst in der »Nachbemerkung« zu Band 2, mit dem er seine Werkausgabe beginnt.[4] Da spricht er von der Konsequenz, die die »Spielregeln haben«, die er seinen Texten früh auferlegte. Es seien Spielregeln, »die immer wieder, wie sich rückblickend herausstellt, in beklemmendem Tempo die noch verbleibenden offenen Möglichkeiten besetzen, dies und jenes zunehmend ausschließen und als Engführung, wenn es gut geht, etwas, was mehr als ein Ausweg ist, virulent, also fruchtbar halten und machen«.

Präziser läßt sich die poetologische Konsequenz nicht formulieren. Eine Frage freilich ist damit nicht berührt: die nach dem existentiellen Impuls, der Pastiors Œuvre zugrunde liegt. Die Frage nach dem Leben, der Biographie. Der gelernte Pastior-Leser kennt natürlich die Daten und weiß sie zu deuten. Es ist die Geschichte eines Angehörigen der rumäniendeutschen Minderheit, der fünf Jahre (1945–49) in Arbeitslagern in der Ukraine und im Donbas verbringen mußte. Anschließend war Pastior Kistennagler und Bautechniker in Hermannstadt, Student in Bukarest und dort auch Redakteur des deutschen Programms beim Rumänischen Rundfunk. Zwei Gedichtbände erschienen noch; und 1968 brach Pastior alle Brücken zu seiner rumänischen Existenz ab und ging über Wien nach Berlin – *Vom Sichersten ins Tausendste*, um mit dem Titel seines ersten im Westen erschienenen Bandes (1969) zu reden. Pastior fand Halt in der Muttersprache: »Geduld Geduld am Krempelbach / klappert es tief in der Mütterchensprach / da will sich ein Finderöschen fein / die Diasporen verdienen.«

Eben das sei sein Trauma, hat Pastior einmal im Gespräch bemerkt: der Zusammenhang von Ursache und Wirkung. Also auch, bei scheinbarer Zufälligkeit, die unerbittliche Konsequenz im Leben. Offenbar kann nur das Spiel, die Spiel-Regel dieses Trauma neutralisieren und womöglich aufheben. Daher die manchmal groteske Heiterkeit, die seine Kunstmaschinen verbreiten. Daher seine Umwortung aller Worte; daher die Auffächerung realer oder erfundener Sprachen in einem *Krimgotischen Fächer* (1978); daher die Sprachgeistzeugungen in den *33 Gedichten* seiner Petrarca-Paraphrasen (1983) – ein Ohrenschmaus, manchmal auch ein Ohrensausen wie die *Lesungen mit Tinnitus* (1986). Alle Gedichte Oskar Pastiors sind *Gedichtgedichte* (1973), nämlich auch Texte *über* Gedichte.

Einiges von Pastiors zentralen Arbeiten steht in den beiden vorliegenden Bänden der Werkausgabe. Manches davon ist schon klassisch; wie etwa die *Ballade vom defekten Kabel*, darin das »Kabel« nicht so defekt ist, daß es nicht die Passion des »Kalbs« rudimentär passieren ließe. Anderes, vieles in

---

[4] Oskar Pastior, *Jetzt kann man schreiben was man will* (2003); *Minze Minze flaumiran* (2004). *Oskar Pastior Werkausgabe*, Bd. 2 und 3. München: Hanser.

Pastiors Werk steht noch aus: Veröffentlichtes und Neues, vor allem aber Pastiors Frühwerk; so der Debüt-Band *Offne Worte* von 1964, der sich an den Bedingungen einer zensurierten und restringierten Literatur abarbeitet. *Jetzt kann man schreiben was man will* hat der Autor als Titel über den Eröffnungsband geschrieben. Man wird das erst dann ganz verstehen (und nicht nur als Formulierung seiner Experimentierlust), wenn dieses Frühwerk zugänglich wird.

Vorerst halte man sich an einen Text, der im Anhang steht. Es ist ein titelloser Text von 1973, der in keines der Bücher aufgenommen wurde; wahrhaft ein Schlüsseltext. Er beginnt: »Der Exiltext kann 2–3 Sätze (Handschrift) füllen er möge aus sich herausgehen er wolle sich doch nicht vor der hausaufgabe drücken«. Dann heißt es: »im folgenden weigert sich der weigerer entschieden den exilstern zu tragen mit welchem recht einerseits so argumentiert er andererseits mit welcher schuld unvernünftig verschließt er die augen diese vaterlandslosen gesellen diese heimwehlosen melancholisten diese scham- und maßlos nüchternen.« Was Pastior scheinbar launig als »Hausaufgabe« bezeichnet, ist die Reflexion seines zentralen Problems: der Situation des von der Geschichte geschlagenen Autors in der Diaspora seiner Condition humaine, im Exil seiner Sprache.

Ein geheimes *Ecce historia* ist dem Sprachexperiment Oskar Pastiors eingeschrieben; aber die Geschichte experimentiert mit ihren Subjekten auf die unterschiedlichste Weise. Davon weiß der Flakhelfer und Panzerschütze Günter Grass zu singen und zu erzählen. Im gleichen Oktober 1927 geboren, wenngleich vier Tage älter als Pastior, hat er, wie jeder weiß, seine Sporen nicht gerade in der Diaspora verdient.

Und doch: Wenn Ruhm eine besondere Weise des Verkanntseins ist, dann ist Grass ein verkannter Autor. Zumindest als Lyriker. Dabei reichte allein seine Lyrik für ein Lebenswerk aus. Doch da ist, seit der *Blechtrommel*, der lange Schatten des Erzählers. Da ist die Reserve gegen den Romancier, der auch Lyrik schreibt, der *Motive* sucht, weil ihm das *Wort* nicht genügt.

Genau das tut aber Grass seit seinen frühen Lyrikbüchern *Die Vorzüge der Windhühner* (1956) und *Gleisdreieck* (1960). In allem, was er macht, ist er jemand, den gegenständliche Motive inspirieren: Vögel, Puppen, Nonnen, Aale, Köche, Pilze, Schnecken etc. – ein schier unerschöpflicher Vorrat an dinglicher Welt. Ihn findet er, paraphrasiert ihn, wertet ihn aus mit dem Eigenrecht des Sammlers oder Jägers, der Beute macht. Solange sie etwas hergeben, erscheinen seine Motive in Zeichnung, Erzählung, Roman – und eben im empfindlichen Medium des Gedichts. Bei jedem ginge solche Mehrfachverwertung schief. Nicht so bei Grass. Erstaunlich, wie seine Gedichte sich gegen die eindringenden Gegenstände behaupten: Sie schließen den Fremdkörper ein. So entstehen Perlen.

»Am meisten liegt mir die Lyrik«, hat Grass einmal – beinah entschuldigend – gesagt. Doch die Experimentellen der sechziger Jahre vermißten die Reflexion auf das Sprachmaterial, die nachfolgenden Linken das richtige, also linke Bewußtsein. Grass wiederum ließ sich nicht einschüchtern. Er hielt

1961 den »Labordichtern« das Gelegenheitsgedicht entgegen. Seine Phantasie, erklärte er, erprobe sich an der Realität, zumeist an festen Gegenständen. Allem, was mit Idee behangen ist, stehe er von vornherein mißtrauisch gegenüber. Das war vielleicht etwas unvorsichtig formuliert. Denn als Grass 1967 mit den Gedichten von *Ausgefragt* in die politische Debatte eingriff und gegen die radikale Linke den realistischen Kompromiß setzte (»Ich rat Euch, Es-Pe-De zu wählen«), wurde ihm die Verachtung des intellektuellen Überbaus vorgeworfen.

In den Jahren danach versteckte Grass die Gedichte, die er noch schrieb, in seinen Prosabüchern: *Aus dem Tagebuch einer Schnecke* (1972), *Der Butt* (1977) und *Die Rättin* (1986). Schwer zu sagen, wie dankbar Romanleser auf Gedichte in Romanen reagieren. Für passionierte Lyrikleser waren das nicht die richtigen Aufbewahrungsorte. Kaum erstaunlich, daß der Lyriker Grass im Leserbewußtsein in den Hintergrund trat. Auch *Zunge zeigen* (1988) und *Novemberland* (1993) änderten daran nichts. Die Gedichtsequenz am Schluß des Kalkutta-Buchs war der schwächste Part unter den Zeichnungen und Aufzeichnungen. Noch mehr Kritik fand *Novemberland*, das unter dem Seufzer »Ach, Treuhand hat uns abgeschöpft« mehr schlecht als recht Probleme der Wiedervereinigung in die Sonettform brachte.

Mehr Beachtung dagegen hätte die Melange *Fundsachen für Nichtleser* (1997) verdient. Denn merkwürdig: Manche epigramm- und haikuhaften Petitessen zeigten die altbekannte Pranke des Löwen. »Zum Abschied« erklärte der Poet, »habe ich meine Tinte umgestürzt. / Soll doch jemand, / der mir nachkleckert, / das Fäßchen auffüllen / und sich die Finger schmutzig machen; / Schreiben färbt ab.« Eben diese freundliche Aufforderung zeigt, wie einzig und einzigartig der Lyriker Grass ist: Er hat – anders als Celan, Mayröcker oder Pastior – keine Schüler, keine Epigonen. Niemand kleckert ihm nach. Alle seine Gedichte sind erkennbar von ihm, alle sind Einzelstükke: *Lyrische Beute*.[5]

Das zeigt fast überdeutlich dieser Sammelband mit Gedichten und Zeichnungen aus fünfzig Jahren. Was die Gedichte angeht, hat Grass alle Privatspäße, alle Gelegenheitsnörgelei fortgelassen, vor allem die versifizierte Politik. Der Lyrikliebhaber vermißt kaum etwas aus einem lyrischen Werk, das in dieser Konzentration immer noch fasziniert. Doch nein, ich vermisse doch etwas, und zwar etwas überaus Wichtiges. Nämlich das 1965 in den *Akzenten* publizierte Gedicht *Adornos Zunge* – ein Poem, das den immanenten Ästhetizismus von Adornos Theorie zur grotesken, ja makabren Ballade macht: »Er saß in dem geheizten Zimmer / Adorno mit der schönen Zunge / und spielte mit der schönen Zunge.« Das Gedicht nimmt dann eine Wendung, die seinem Verfasser nach Adornos Tod problematisch erscheinen mochte: »Als Metzger über Treppenstufen / das Haus verließen, trugen sie / die schöne Zunge in ihr Haus.« Grass hat sich offenbar mit denen, die Adorno an seinem Institut unter Druck gesetzt hatten, nicht noch post festum gemein machen

---

5 Günter Grass, *Lyrische Beute. Gedichte und Zeichnungen aus fünfzig Jahren*. Göttingen: Steidl 2004.

wollen. Das ist zu respektieren. Aber natürlich markiert dieses Gedicht ein »Datum« im Sinne Celans; gehört es in die Geschichte der Kritischen Theorie; und in die des Gedichts nach Auschwitz.

In diese Geschichte gehört nicht bloß Adornos bis zum Überdruß und gern falsch zitiertes Gedichte-nach-Auschwitz-Diktum, sondern auch, was sich um einen ebenso verbrauchten Brecht-Vers angesammelt hat. Will sagen: Seit den siebziger Jahren ist das Gespräch über Bäume wieder erlaubt, wenn auch vieles, was da einschlägig gedichtet wurde, sich – jedenfalls in der Bundesrepublik – ideologisch zur »Öko-Lyrik«verkürzte. In der DDR überwinterte nicht bloß der Vorrat traditioneller Formen, sondern auch die Tradition der Naturlyrik. Huchel und Bobrowski, die aus dieser Schule kamen, wurden für einige Jüngere zum Vorbild. Der wichtigste unter ihnen ist Wulf Kirsten, der seine Gedichte aus fünfzig Jahren als *erdlebenbilder* gesammelt hat.[6]

Kirsten, ein Mann des Jahrgangs '34, kam schwer, langsam, doch um so gründlicher in diese Tradition. Er sieht sich selbst als »armer karsthänse nachfahr«. Der Steinmetzsohn aus dem meißnischen Klipphausen, nach kaufmännischer Lehre und Bauarbeiterzeit spät, nämlich mit sechsundzwanzig, zum Studium gelangt und vor allem durch autodidaktische Lektüre zu einer immensen Literaturkenntnis, ist – neben Volker Braun – der wichtigste Lyriker aus dem Nachlaß der DDR. Seine Selbstfindung gelang, als er seine Landschaft entdeckte, *die erde bei Meißen* (1986) und das halbverschollene Idiom ihrer Bewohner. 1987, in einem Gespräch, sagte er: »Mir war von Anfang an klar, ich wollte nicht ein traditioneller Naturdichter sein ..., ich wollte Landschaftsgedichte schreiben, angeregt also von der Droste, auch von Peter Huchel, von Bobrowski, von Theodor Kramer, von Erich Jansen.«

Kirstens Landschaftsgedicht schließt die ökologische Thematik mit ein, aber ebenso die Sprache der Randständigen, der Flickschuster, Hausierer, Ziegelbrenner und Landstreicher. Er ist mit dem Fahrrad aufs Land gefahren und hat alte Bauern nach Worten abgefragt für das *Wörterbuch der obersächsischen Mundarten*. Seine Gedichte haben etwas Körniges, manchmal sogar Sperriges, die Zeilen sind prall von Dingen, die bei ihren oft seltenen oder vergessenen Namen gerufen werden: »dein gereut ist mit worten / umzirkt, die längst keiner mehr kennt.« Die Anmerkungen zu den gesammelten Gedichten erläutern etwa Worte wie blauschimmel (eine Tabakkrankheit), quendel (wilder Thymian), rajohlen (tief pflügen), mondwölfe (Maulwürfe), zaukenweiber (Maiglöckchenpflückerinnen), lehde (Brache) oder missingsch (meißnisch).

Kirstens spröde Kunst bringt ihre schönsten Resultate, wenn Geschichte und persönliche Erfahrung in Bildern und Metaphern zusammenfinden. So in dem 1988 geschriebenen Gedicht *die ackerwalze*, in dem er seinen Eltern ein Denkmal setzt. Die Eltern – so erzählt das Gedicht – spannen sich vor eine gestürzte marmorne Grabsäule und ziehen sie als Ackerwalze über das

---

6 Wulf Kirsten, *erdlebenbilder. Gedichte aus fünfzig Jahren (1954–2004)*. Zürich: Ammann 2004.

Feld, »steinzeitlich / am eisengestänge über eignen grund / und reformierten boden / bergunter, bergauf, / immer mit letzter kraft in den sielen.« Zu dem offenbaren Realgehalt des Gedichts tritt seine erstaunliche historische Symbolik. Die Ackerwalze erscheint geradezu als das Dingsymbol einer ganzen Geschichtsepoche, eben der DDR.

Wulf Kirsten, weder Mitläufer noch ausdrücklich Dissident, hat diesem Staat, anders als andere, keine Träne nachgeweint. Sein lapidarer Befund »stiefvater staat hat sich / aus dem staube gemacht«, wird durch das Eingeständnis »ein fremdling bin ich / mir selbst« nicht aufgehoben. Die Fremde liegt vor der Haustür, also in Weimar, und das lyrische Ich schöpft aus ihr eine ebenso desperate wie robuste Energie, indem es sich vornimmt, »das leben zu bestehn / am hauseck, an das die hunde pissen.« Für diese poetische Widerständigkeit spricht auch, daß die lyrische Produktion seit 1989 gestiegen ist. Die drei neueren Abteilungen *stimmenschotter, wettersturz* und *standort* bringen hundertsiebzig weitere Gedichte. Kirsten, ein Kenner der Weltpoesie, ist einer der Stillen im Lande; ist es auch als regionalistischer Verist, als Meister einer poetischen Landschaftsmalerei.

Den Bauernmaler Kurt Querner, den er noch selbst gekannt hat, charakterisiert Kirsten in einem Gedicht von 1968: »ein entschlossener landgänger / geht die welt an mit dem pinselstrich / am herben gebirgsrand auf kargem geviert. / ein mensch behauptet sich und hat bestand.« Darin steckt ein Selbstporträt.

Nicolas Born, der vor einem Vierteljahrhundert, im Dezember 1979, an Lungenkrebs starb, wäre heute ein Mann von siebenundsechzig Jahren. Was nun, mit reichlich sechshundert Seiten unter dem schlichten Titel *Gedichte* vor mir liegt, ist das lyrische Werk eines fast noch jungen Mannes – auf den das Klischee vom Frühvollendeten nicht passen will.[7] Es ist ein Torso, den er hinterließ. Die Ärzte, die dem Todkranken nur noch wenig Zeit gaben, rieten ihm, nur noch Gedichte zu schreiben, anstatt einen weiteren, den vierten Roman zu beginnen. Born bestand auf dem Roman; vielleicht deshalb, weil er im Jahr zuvor einen Sammelband seiner Lyrik vorgelegt hatte, *Gedichte 1967–1978;* einen Band, der seine früheren Arbeiten zusammenfaßte, vermehrt um eine neue Sequenz *Keiner für sich, alle für niemand* und reduziert um einige Etüden und Agitprop-Texte.

Seine Entwicklung war eigentümlich rapid. Born, am letzten Dezembertag 1937 in Duisburg geboren, begann in Essen eine Lehre als Chemigraph und arbeitete dort zehn Jahre für eine Großdruckerei. Er kam zum Schreiben und lernte Ernst Meister kennen, der für einige Jahre sein Mentor und lyrisches Vorbild wurde. Else Meister war es übrigens, die dem jungen Klaus Born zum Künstlernamen Nicolas Born riet. Der Ruhrpottprovinz entriß ihn Walter Höllerers »Lehrgang Prosaschreiben« im Literarischen Colloquium, und überhaupt das Berlin der aufkommenden Studentenrevolte. Borns zweiter Roman *Die erdabgewandte Seite der Geschichte* (1976) erhielt den

[7] Nicolas Born, *Gedichte.* Göttingen: Wallstein 2004.

Bremer Literaturpreis, der dritte, *Die Fälschung* (1979), erschien schon im Herbst seines Todes.

Als Lyriker begann Born mit einem den Amerikanern, Charles Olson vor allem abgelauschten Programm: »Weg von der alten Poetik, die nur noch Anleitung zum Poetisieren ist; weg von Symbol, Metapher, von allen Bedeutungsträgern ... Die Gedichte sollen roh sein, jedenfalls nicht geglättet; und die rohe, unartifizielle Formulierung, so glaube ich, wird wieder Poesie.« Born hat diese »unartifizielle« Formulierung ausdifferenziert und zu beträchtlicher Kunst geführt; er hat aber immer an seiner Intention festgehalten, die Umwelt direkt anzugehen, das heißt Poesie nicht mit Worten zu erfinden. Sie bestimmt alle Gedichtsammlungen. *Marktlage* (1967) brachte vor allem sozialkritische Skizzen aus dem Ruhrgebiet. *Wo mir der Kopf steht* (1970) unternahm, auf dem Höhepunkt der APO-Zeit, die Analyse von gesellschaftlichen und politischen Ritualen. *Das Auge des Entdeckers* (1972) war der Versuch, in der täglichen Erfahrung, im Alltagsdetail oder der Liebesbeziehung Utopisches sichtbar zu machen, »das Erscheinen eines jeden in der Menge«.

Der folgende Titel klingt da schon wie ein Widerruf. Die zwanzig Gedichte von *Keiner für sich, alle für niemand* komplettierten den Sammelband von 1978. Sie wirkten schon damals wie ein Abgesang auf die politischen Hoffnungen, auch auf die ökologische. Das schloß die persönliche Erfahrung, das Scheitern mit ein. Den Abschluß machte ein langes Gedicht, wie es damals gefordert wurde, die aus Snapshots und Reflexionsfragmenten komponierten *Notizen aus dem Elbholz*. Darin gibt es Passagen von reiner Schönheit: »Das Gras, gefroren und funkelnd / von Reif, quietscht, der alte Wald / ächzt, und Dampf, rosafarben, steigt auf / wie von lagernden Herden.« Aber es gibt auch resignative Wendungen, die wie letzte Worte wirken: »Ich will nicht immer wüten und abgehn. / Gesagt hab ich einmal, daß einer zum Krüppel wird / wenn er seiner Zeit böse bleibt / und jetzt bin ich Krüppel, böse nicht genug.«

Man mag in dieser Konfession auch die Ahnung der aufkommenden Krankheit erkennen, doch das Gefühl des Verkrüppeltseins hatte bei Born – wie immer – wohl auch ein gesellschaftliches Moment. Er sah die Welt »am Tropf der Systeme«. »Kein Gedicht, höchstens das Ende davon«, heißt es in *Entsorgt*. Im Juni 1979, beim Petrarca-Preis in Verona, erreichte ihn noch die Nachricht vom Tod Ernst Meisters, die ihn sehr traf. Heute kann man im Anhang der von Katharina Born besorgten Gesamtausgabe jene Gedichte lesen, die der junge Born unter Meisters Einfluß schrieb. Eines davon, *Haltend die Standarte,* hat Meister 1961 in einer Tageszeitung publiziert und kommentiert. Ein anderes, *Bei Mondschein*, das 1965 im *Essener Lesebuch* stand, schlägt nicht bloß den Ton Ernst Meisters an, es wirkt auch wie die Projektion seiner Gestalt: »Es ging / der Körper eines Schattens / aufrecht. / Sein Gesicht, sehr weiß, / war helleres Licht, / sein Mund / formte Kiesel, / sein Schatten / kam zählend die Wege // nicht weit.«

Vielleicht streifte Born eine Ahnung, daß er im Schatten Ernst Meisters »nicht weit« gekommen wäre. *Echolandschaft* war eine Mappe mit Gedichten überschrieben, die sich in Borns Nachlaß fand. Ein sprechender Titel! Eines dieser ungedruckten Gedichte ist Ernst Meister gewidmet. Es fragt: »war es wer / der mich fragte / ob ich wolle / den traum / oder lieber / das licht.« Born wählte das Licht. Seine veröffentlichte Lyrik läßt sich als Absage an den Hermetismus lesen, wie ihn Ernst Meister vertrat und wie er Celan, zu Recht oder Unrecht, zugeschrieben wurde.

Der Kreis will sich schließen. In Robert Schindels Sammelband *Fremd bei mir selbst* findet sich das Gedicht *Nachthalm (Pour Celan)*. Darin heißt es: »Ich bin mit dem Nachthalm großgezogen worden / Aufgewachsen bin ich mit einem / Von Pauls Halmen.«[8] Die Passage bezieht sich auf ein Celan-Gedicht aus *Mohn und Gedächtnis*; und dessen Anfangszeilen stehen vor Schindels Gedicht als Motto: »Aus Herzen und Hirnen / sprießen die Halme der Nacht, / und ein Wort, von Sensen gesprochen, / neigt sie ins Leben.« Nicht unwichtig auch, daß der Schlußteil von *Mohn und Gedächtnis* den Titel *Halme der Nacht* trägt.

Schindel sieht sich in der intimen Zuwendung dieser Hommage als einen von »Pauls Halmen« – also als jemand, den der Tod ins Leben *geneigt* hat anstatt zur Seite des Todes. Er sieht sich als einen Überlebenden, als einen Übriggebliebenen; die biographischen Parallelen sind deutlich genug. Wie Celans Eltern wurden die seinen deportiert. Sie hatten, als elsässische Fremdarbeiter getarnt, einer kommunistischen Widerstandsgruppe angehört. Der Vater wurde in Dachau hingerichtet, die Mutter überlebte Auschwitz und Ravensbrück und konnte nach Wien zurückkehren. Das 1944 geborene Kind Robert überlebte, da es »als Waise asozialer Eltern unbekannter Herkunft« in einem NS-Kinderheim versteckt wurde.

Einer von »Pauls Halmen« ist Schindel aber in einem weiteren und tieferen Sinne, nämlich als Dichter, der sich als Schüler, fast als Geschöpf des toten Kollegen sieht, mit dem Nachthalm großgeworden und aufgezogen. Dieses Bekenntnis muß man ernst nehmen, obwohl die dominierenden Einflüsse auf Schindels Poesie ganz andere zu sein scheinen. Der Erotiker Schindel, der Verfasser von »Lieb-« und »Sehn-Liedern«, gibt sich gern als Troubadour in der Tradition Villons, Heines und Brechts; nicht minder der politische Lyriker. Politische und poetische Motivationen kommen in den vielen Huldigungen Hölderlins zusammen; mit Ergänzungen wie »So ohne Genossen zu sein«, »Bleierne Zeit« oder »Abschied von D.« – es gibt vierzehn solcher Hommagen *Pour Hölderlin*.

Fremd bei mir selbst – diesen Titel hat Robert Schindel im Jahr seines sechzigsten Geburtstags über seine Gedichte 1965–2003 gesetzt – eine vieldeutige, fast verstörende Formulierung. »Ich bin ein Jud aus Wien«, beginnt *Vineta I*, eines der zentralen Gedichte. Wien erscheint dort als »die schönste Stadt der Welt am Lethefluß«, als »Hauptstadt des Antisemitismus«, aber auch als »Vergessenshauptstadt«. Lethe und Memoria, Vergessen und Erin-

[8] Robert Schindel, *Fremd bei mir selbst. Die Gedichte. (1965–2003)*. Frankfurt: Suhrkamp 2004.

nern – für Schindel ist beides wichtig. Zeitgeschichte und persönliche Biographie sind für einen Autor, der sich sein Lebensthema nicht aussuchen konnte, unlösbar miteinander verbunden. Das zeigen schon die frühen Gedichte (1965 – 1978), die jetzt zum ersten Mal in Buchform erscheinen.

Unter dem Titel *Im Herzen die Krätze* reflektieren sie Schindels Jahre der Revolte, die Zeit in der Wiener Kommune mit dem poetischen Namen »Hundsblume« und die Ablösung von den Dogmatismen und Utopismen der Genossen. »Schwer ists ohne Genossen« schreibt der »Ohngenoß«, doch die Ablösung muß sein. Der Blick auf Realität und Geschichte wird zugleich freier und präziser. Ein Titel wie *Immernie* (1999) bewahrt das utopische Moment. Manchmal genügt ein Schnappschuß, eine knappe Beobachtung: »Um einen Tisch / Deutsche Soldaten im Tarnanzug / Mittags Mitte Mai neunzehn / Siebenundneunzig. Sie / trinken Cola.«

Das Schindelsche Gedicht ist – mit Celan – seiner Daten eingedenk. Der Sohn jüdischer Widerstandskämpfer muß dieses Bild Cola trinkender deutscher Soldaten nicht kommentieren. Die beiläufige Notiz wird zur Chiffre eines säkularen Welttags. Das bedeutet nicht, daß die geschichtliche Perspektive ihn nicht interessierte. Brecht und Benjamin sind ihm immer noch für Anspielungen gut. »Ich bin so zugeneigt den Ebenen«, heißt es einmal. Auf die Mühen dieser Ebenen zielt die Einsicht: »Heute müssen die Deserteure / In den Ebenen sich verbergen.«

Vergessen wir aber nicht, daß Robert Schindel – *sit venia verbo* – der zivilistischste Dichter ist, der sich denken läßt – ein Dichter der Liebe, der Erotik, eben ein Troubadour. In seinem *Lieblied 19* warnt er die Geliebte: »Wir müssen vorsichtig sein mein Lieb / Das verlangt unser Realitätsprinzip.« Aber natürlich dient die Warnung nur dazu, sich mit der Geliebten über das Realitätsprinzip hinwegzusetzen. Offenbar auch über die Geschichte.

In einem Gedicht aus den achtziger Jahren besucht der Dichter mit einer deutschen Freundin das KZ Belsen. Danach heißt es: »Ich liege bei der Deutschen da in Deutschland. / Und stehe auf, besteige frei den Zug. Komme / Zurück, ein Feuerchen im Hintennach, / In meine Wortheimat, mein Wien am Donaufluss.« Wer das liest, begreift, daß es um keine falsche Versöhnung geht. Der das Gedicht schreibt, ist, erstaunlich genug, einer von »Pauls Halmen«. Was er schreibt, ist um so erstaunlicher, wenn wir wissen oder lesen, daß Paul Celan nach der *Todesfuge* das Wort »Deutschland« in einem Gedicht nur ein einziges weiteres Mal benutzt hat, 1959 in *Wolfsbohne*, das er nicht zur Veröffentlichung freigab. Da heißt es: »Mutter. / Mutter, wessen Hand hab ich gedrückt, / da ich mit deinen / Worten ging nach / Deutschland?«

Der Dichter Robert Schindel warnt uns vor voreiligen Harmonisierungen. Die letzten Zeilen in *Fremd bei mir selbst* lauten, mit einer diskreten Celan-Anspielung: »Einer legt an / Einer legt aus / Still die Tage nervös / der Meridian.« Seien wir glücklich, wenn wir zu den Auslegern und nicht den Anlegern gehören.

Ästhetikkolumne

Drei Kartographien

Von Christian Demand

Bildkartographie

Die Zeitschrift *Yacht*, publizistische Heimat des nautisch interessierten Publikums, warb vor einigen Monaten mit dem Aufmacher »Nie wieder seekrank!«. Seit Menschengedenken, rekapitulierte der Autor des Artikels, habe man die berüchtigten Übelkeitsattacken auf hoher See als Folge eines Orientierungsverlusts interpretiert: Ohne den equilibrierenden Blick auf die Sichtlinie am Horizont, so die gängige Hypothese, gerät bei Seegang das Wissen um den eigenen Standort mit gegenläufigen sensorischen Daten in Konflikt. Die Folge: Der Gleichgewichtssinn dreht Kapriolen und der Magen sich um. Eine so plausible wie offenbar falsche Theorie. Tatsächlich wird, wie neueste empirische Studien belegen, die Übelkeit von einem erhöhten Histaminspiegel hervorgerufen. Wer prophylaktisch große Dosen Vitamin C zu sich nimmt, hat also nichts zu befürchten. Selten dürfte ein Special-Interest-Magazin dankbarere Leser gefunden haben.

Als Leichtmatrose des akademischen Kulturbetriebs wird man angesichts solch schlagend schlichter Lösungen unweigerlich neidisch. Zum einen sind Orientierungsverlust und Übelkeit für jeden, der den quälend horizontlosen Ozean der Diskurse befährt, ständige Begleiter. Zum anderen verdichtet sich, je öfter man ausfährt, der Verdacht, der Kompaß manch stolzer Forschungsarmada könnte durch ähnlich fatale hermeneutische Voreinstellungen ebenfalls dauerhaft falsch justiert sein. Dieser Eindruck drängt sich besonders dort auf, wo die Nausea-Metaphorik selbst die zentralen Navigationsdaten liefert.

Bestes Beispiel dafür ist die ambitionierte interdisziplinäre Vorlesungsreihe, die der Medienunternehmer Hubert Burda seit dem Sommersemester 2002 an der Münchener Ludwig-Maximilians-Universität ausrichtet. Sie trägt den einprägsamen Titel »Iconic Turn – Die neue Macht der Bilder« und verspricht wissenschaftliche Orientierungshilfe im Umgang mit der ikonischen Flut der Medien. Pädagogisches Fernziel ist die Ausbildung einer »neuen Generation von Bild-Experten«, die sich in deren unendlichen Weiten ohne Schwindelgefühle zurechtfinden.[1] Mit welch einfachen Mitteln Übersichtlichkeit mitunter herzustellen ist, führt die »Burda-Akademie für das Dritte Jahrtausend« (!) schon einmal bei der Auswahl der Referenten beispielhaft vor. Sie folgt dem vorbildlich orientierungserleichternden Prinzip der Namhaftigkeit. Das Programm liest sich wie das Who's who der Kunst- und Bildwissenschaften, darüber hinaus kommen namhafte Hirnforscher zu Wort, namhafte Philosophen, namhafte Physiker, namhafte Architekten, namhafte Künstler, namhafte Namhafte.

Nun wäre an sich nichts gegen international renommierte männliche Referenten im Abendrot ihrer Karriere einzuwenden, bekäme man von ihnen denn etwas zu hören, was sie nicht ohnehin schon in anderem Zusammenhang besser formuliert und längst veröffentlicht haben. Genau das aber ist hier der Ausnahmefall, und es fällt nur deshalb nicht sofort auf, weil alle Autoren in ihre Beiträ-

---

[1] Christa Maar / Hubert Burda (Hrsg.), *Iconic Turn. Die neue Macht der Bilder*. Köln: Dumont 2004. Alle Zitate stammen, sofern nicht anders angegeben, aus diesem Band.

ge verabredungsgemäß das gemeinsame Losungswort eingewebt haben: »iconic turn«.

Die Formel ist ziemlich hinterhältig, läßt sie doch unwillkürlich an einen geisteswissenschaftlichen Paradigmenwechsel vom Kaliber des »linguistic turn« denken, den man peinlicherweise verpaßt hat. Je mehr man allerdings an einschlägigem Material zu hören oder zu lesen bekommt, desto unwahrscheinlicher wird diese Annahme. Spätestens wenn man in den Vorträgen und Aufsätzen dann auch noch mit dem »cultural turn«, dem »sonic turn«, dem »embodied turn« sowie dem »neural turn« bekannt gemacht worden ist, dämmert einem, daß hier in Wahrheit gar nichts zu verpassen war.

Es ist also auf groteske Weise konsequent, daß die wenigen Versuche einer konzisen Begriffsbestimmung zu einem widersprüchlichen Ergebnis führen. So soll der Terminus »Iconic Turn« einerseits auf die Notwendigkeit verweisen, es angesichts der »ständig wachsenden ›Flut der Bilder‹« nicht bei »deren dumpfer Hinnahme« zu belassen, sondern ihr »analytisch auf angemessene Weise gegenüberzutreten« (Horst Bredekamp). Bereits Mitte der fünfziger Jahre beschworen Kulturkritiker wie Günter Anders die vermeintlich unseligen Folgen der modernen Bilderflut in ähnlichen Formulierungen, schon wenig später war daraus einer der beliebtesten Topoi ambitionierter Medienschelte geworden. Während der achtziger Jahre, als die Manipulierbarkeit elektronischer Bilder ein großes Thema war, geisterte das Bild vom geist- und kritikzermalmenden Mahlstrom der Bilder dann unter dem Schlagwort »Pictorial Turn« durch die angelsächsische Medientheorie.

Im höchst heterogenen Diskursuniversum des »Iconic Turn« trifft das Bild von der ikonischen Flut nun plötzlich unvermittelt auf eine Konkurrenzmetapher, die das blanke Gegenteil besagt: Die Bilder gewännen nicht etwa zunehmend an Macht, sie hätten es vielmehr schwer, die ihnen »innewohnende Fremdheit, ihr dichtes Schweigen und ihre anschauliche Fülle gegenüber dem fortwährenden Gemurmel der Diskurse und dem Lärm der Debatten« zu behaupten (Gottfried Boehm). Da bedrohen also einmal die Bilderfluten das Wort, ein andermal die Wortfluten das Bild. Es sagt alles über das Mißverhältnis zwischen Anspruch und Wirklichkeit des »Iconic Turn«, daß nach über zwei Jahren beide Behauptungen einander noch immer antinomisch gegenüberstehen. Statt dessen hat man sich bei der Suche nach der »neuen Macht der Bilder« mittlerweile erfolgreich zu Kaiser Augustus zurückgearbeitet.

Ein Besuch der Website bestätigt den Eindruck diffuser Improvisation.[2] Von Hubert Burda, der nicht nur als finanzieller Mentor der Veranstaltungsreihe auftritt, sondern regelmäßig auch als Conférencier und Fachreferent aufs Podium steigt und überdies als Mitherausgeber des Aufsatzbands zur ersten Vortragsstaffel firmiert, findet man online folgende Handreichungen zur Kursbestimmung: »Der Logos ist immer ein Bild. Der Zeitenwende-Begriff des *Iconic Turn* bezeichnet nicht nur die äußerliche Bebilderung der Welt. Es geht um eine Weltanschauung im buchstäblichen Sinne. Die inneren Bilder und Metaphern, die wir mit uns herumtragen, die werden mächtiger.« »Das Internet ist der lebende Beweis für den *Iconic-Turn*. Es vereint Text und Bewegtbild zu völlig neuen Medienformen. Bedenken Sie, wir betreiben mit Onvista eines der erfolgreichsten Börsenportale überhaupt. Und sind nicht Börsencharts wunderbare Bilder der Moderne? Nur über innere Bilder

2 Die Website www.iconic-turn.de versteht sich nicht nur als Informationsspeicher der Vorlesungsreihe, sondern will als profiliertes Portal für die wissenschaftliche Begründung von Medien- und Bildkompetenz wahrgenommen werden.

kommt es zu Visionen. Es gibt eine Generation von Politikern, die nur vom Text her kommt. Darunter sind glänzende Redner, wunderbare Talkshowgäste. Doch daraus entstehen gute Schlagzeilen und Lauftexte. Aber keine Visionen.« »Als ich, als *Bunte*-Chefredakteur vor zwanzig Jahren vor der Frage stand, wie man das Ozonloch darstellt, war ich vom Ehrgeiz gepackt, dieses Thema aus schierer Aufklärungslust zu visualisieren. Und ich entdeckte in Amerika die ersten Info-Grafiken und war sofort fasziniert – solche Bilder erklären uns die Welt schlagartig. Das tut die Welt der Worte oft nicht mehr.«

Wohlmeinend zusammengefaßt: Der »Iconic Turn« hat irgendwie mit dem (Macht-)Verhältnis von Wort und Bild zu tun, das sich durch die Entwicklung der zeitgenössischen Kommunikationstechnologien angeblich zugunsten der Bilder verschiebt. Problematisch an dieser These ist nicht nur, wie nonchalant hier Bilder und Metaphern, Info-Grafiken und Visionen durcheinandergewirbelt werden. Fragwürdig ist vor allem, daß der Sog der Bilder zwar wortreich beschworen, aber in pragmatischem Widerspruch zur eigentlichen Intention nicht wirklich ernst genommen wird. Das Phänomen kann schließlich in der »Welt der Worte« noch immer erkannt und benannt werden – es ist also alles halb so schlimm.

Diese Prämisse wird weder in den Vorlesungen noch in den Aufsätzen je hinreichend begründet[3] – der Glaube an die bildmachttranszendierende Macht des Begriffs ist das offenbar nicht als legitimationsbedürftig empfundene Apriori der Veranstaltungsreihe. Dem entspricht auch der lieblose Umgang mit den Bildern, die die Texte illustrierend begleiten. Bei den Veranstaltungen selbst dominiert der Eindruck kreuzbraver Diavorführungen beziehungsweise Powerpointpräsentationen. In der Buchfassung ist die Druckqualität der einheitlich auf schwarzweiß gebrachten Abbildungen derart erbärmlich, daß man beim besten Willen nicht auf die Idee käme, Bilder könnten jemals eine suggestive Kraft entwickeln, über die zu reden lohnte.

Aber auch auf der Textebene vermitteln Vorlesungen und Buch eher den Eindruck eines losen Potpourris als den stringenter Konzeption. Nur zwei Autoren, Willibald Sauerländer und Bazon Brock, stellen sich der Frage nach Sinn und Unsinn des »Iconic Turn«. Was man darüber hinaus an Interessantem erfährt, ist im Grunde bekannt (Wolf Singer) oder gehört nur peripher zum Thema (Jan Assmann, Norman Foster, Stephan Braunfels). Der Rest ist manchmal schwer erträglich. Der Hirnforscher Semir Zeki etwa versucht sich als Kulturwissenschaftler, und zwar mit folgender Feststellung: »Die Künstler Dante, Michelangelo und Wagner ... haben vieles gemeinsam. Alle drei nehmen innerhalb der westlichen Kultur eine herausragende Stellung ein. Alle drei verfügten über eine tief in der abendländisch-christlichen Tradition verwurzelte Bildung, und alle drei waren nachhaltig von der antiken griechischen Kultur beeinflußt. Ihre künstlerischen Ideen und Konzepte waren also nicht allein von ihren persönlichen Neigungen bestimmt oder von den Dingen, die sie über die Sinnesorgane aufnahmen, sondern auch von verinnerlichten kulturellen Einflüssen.« So viel zum Thema Interdisziplinarität.

Der Physiker Wolfgang M. Heckl versucht vergeblich, die Bildmodelle der Nanowissenschaften epistemologisch zu

[3] Wenn es dann doch einmal geschieht, ist die gedankliche Bohrtiefe erschreckend. So verspricht etwa der Münchner Archäologe Luca Giuliani auf www.iconic-turn.de Aufklärung darüber, »Was Texte leisten und Bilder können«, und kommt dabei zu dem erstaunlichen Schluß: »Bilder machen Dinge sichtbar, die ohne sie vielleicht nicht sichtbar gewesen wären. Nicht weniger als das, aber auch nicht mehr. Das Sprechen über das, was ein Bild vor Augen führt, ist niemals Sache des Bildes, denn das Bild ist sprachlos: es ist Sache des Betrachters.« Auch als Leser ist man manchmal einfach sprachlos.

problematisieren und kommt dabei zu dem bemerkenswerten Schluß: »Eine umfassende Reform in Bildung und Wissenschaft … muß in der Lage sein, sowohl im Bereich der Gesellschaft wie in der Unternehmenskultur Antworten auf die Herausforderungen der neuen Technologien zu geben.« Peter Weibel versucht tolldreist, den angebackenen Bodensatz der Mediengeschichte als heiße Neuware auszugeben: »Die Teletechnologien erzeugten die Ferngesellschaft, eine Gemeinschaft, deren Handeln von örtlich verteilter Kommunikation geprägt ist.« Peter Sloterdijk segelt gewohnt eloquent von der Antike in die Postmoderne, dabei aber leider sehenden Auges am Thema vorbei. Ein Beitrag des Biomediziners Heinz-Otto Peitgen verbindet, was man im Internet zum Thema »Internet« ergoogeln kann, mit werblicher Prosa für ein bildgebendes Verfahren, das bei der Lebertransplantation Anwendung findet. Friedrich Kittler bietet eine Leistungsschau in technikhistorischem Namedropping, Wim Wenders und Bill Viola erzählen zur Abrundung Schwänke aus ihrem Künstlerleben.

Bislang ist der vermeintliche Zeitenwende-Begriff also kaum mehr als ein großer Sack, in dem alle Thesen Platz finden, die in irgendeiner Form mit Bildern, Symbolen, Zeichen, Metaphern, Modellen, Fotos, Gemälden, Computergrafiken und sonst verwandten Phänomenen zu tun haben. Eine Fortsetzung der Reihe ist bereits angekündigt. Seit kurzem beschäftigt der »Iconic Turn« auch noch ein interdisziplinäres Kolloquium. Die Irrfahrt geht weiter.

Moralkartographie

Weitaus überzeugender wirken da, zumindest auf den ersten Blick, die Navigationshilfen zur Debatte um die umstrittene Berliner RAF-Ausstellung »Zur Vorstellung des Terrors«: zwei ziegelsteindicke Bände mit einem schlicht typografierten Cover in knalligem Rot-Weiß, die man gern in die Hand nimmt, die aber leider so schlampig broschiert sind, daß sie sich nach kürzester Zeit von selbst in eine Loseblattsammlung verwandeln.[4] Der erste Band enthält im Faksimile auf knapp 700 Seiten die Berichterstattung um die RAF, ihre Vorgeschichte und ihr Umfeld von *Bild, Stern, Spiegel, FAZ, SZ* und *Neues Deutschland* vom Tod Benno Ohnesorgs 1967 bis zur Auflösungserklärung der RAF im April 1998. Man findet dort die Fotos, die bis heute als Vorlagen für die meisten künstlerischen Bearbeitungen des Themas dienen, im Originalkontext. Da das sehr unterschiedliche Format der Vorlagen den Seitenabmessungen des Katalogbands angeglichen wurde, sind manche Texte leider nur mit der Lupe zu entziffern. Doch die Mühe lohnt sich. Die umfangreiche Quellensammlung bietet einen atemberaubenden Panoramablick auf die deutsche Mentalitätsgeschichte im Spiegel der Tagespresse.

Zur Klärung der Frage, die die hitzigen Auseinandersetzungen um die Ausstellung dominierte, trägt der Materialband allerdings wenig bei. Wurde hier, wie zahlreiche Kritiker meinten, der Terror durch Ästhetisierung verharmlost? Kurator und Herausgeber Klaus Biesenbach tritt diesem Vorwurf im zweiten Katalogband mit großer Verve entgegen und präsentiert Essays von insgesamt 34 Autoren und Autorinnen unterschiedlichsten Alters, unterschiedlichster beruflicher Herkunft und von unterschiedlichstem Interessenprofil, die seine Sicht der Dinge stützen sollen. So vielfältig die Texte sind, so heterogen ist auch das Argumentationsniveau.

Auf ein Argument stößt man bei der Lektüre gleichwohl immer wieder. Prämisse eins: Wer an künstlerische Arbeiten die gleichen Urteilsmaßstäbe anlegt wie an journalistische oder zeitgeschichtliche, begeht einen Kategorienfehler – es ist nun einmal etwas anderes, ein ästhetisches Spiel mit den Bildern des Terrors zu inszenieren, als das Geschehen historisch aufzuarbeiten oder gar moralisch zu bewerten. Prämisse zwei: Wenn Wirklichkeitsaneignung durch Kunst aber ein Verfahren sui generis ist, dann sind dessen Ergebnisse durch nichts substituierbar. Ergo: Wer eine derartige Ausstellung verhindert, verzichtet auf die spezifische Perspektive, die nur der Künstlerblick auf das Phänomen RAF eröffnet.

Das klingt in dieser Allgemeinheit sehr plausibel. Sobald die Autoren allerdings versuchen, den kunstspezifischen Erkenntnisgewinn am Werk konkret aufzuweisen, ist das Ergebnis fast durchweg haarsträubend. Die einen stolpern über ihre eigenen Gedanken: »Feldmann gliedert die gesellschaftliche Szene der plötzlich leeren Bühne der Empfindungen durch das strukturgebende Verfahren der Zusammenstellung und Datierung von zuvor anonymisierten Porträts und Bildflächen. Dabei werden die den Archiven entnommenen Bildinseln zu expansiven Bildern. Sie sind nicht mehr nur der Zeichenvorrat eines provozierten Gesamtkörpers, sondern machen sich als Abbildung selbst transparent.«

Andere flüchten sich in vage Behauptungen: »Scott King kritisiert in seinen Arbeiten die verantwortungslose, unreflektierte Ausschlachtung revolutionärer Symbolik«. Andere üben sich in moralischer Überlegenheit: »Überraschend in diesem Video ist vor allem der aggressive Unterton ... Odenbach sitzt eben nicht beim Thema RAF wie das Gros der bundesdeutschen Bürger zu Hause vor dem Fernsehen und fürchtet um die eigene Sicherheit. Er nimmt die Ereignisse und die Berichterstattung aktiv wahr«. Und wieder andere tun genau das, was sie den anderen vorwerfen – sie verwechseln Kunst und Zeitgeschichte: »das Bild (läßt sich) dahingehend deuten, daß der damalige Staat zumindest eine Mitverantwortung am Tode Baaders trug, gleichgültig, ob es sich letztlich um

[4] Klaus Biesenbach (Hrsg.), *Zur Vorstellung des Terrors: Die RAF-Ausstellung*. Göttingen: Steidl 2005.

Mord oder Selbstmord gehandelt hat.« Beim Umgang mit dem Phänomen RAF, heißt es in einem der Essays, dominiere »nach wie vor … allerorts die mythische die analytische Rede«. Dem ist nichts hinzuzufügen.

Kunstkartographie

Orientierungsprobleme ganz anderer Art wirft das Land-Art-Projekt »The Gates« auf, der 37 Kilometer lange Parcours aus orangefarbenen Fahnen und Kunststofftoren, mit dem Christo und Jeanne-Claude Mitte Februar für wenige Tage Hunderttausende von Schaulustigen in den New Yorker Central Park lockten. Bekanntlich vermeiden die Künstler bei der Vorstellung ihrer Arbeiten seit langem konsequent jegliche inhaltlichen Festlegungen: kein Zweck, kein Symbol, keine Botschaft, nur »joy and beauty«. Auf diese Weise gibt jede neue Aktion auch immer wieder aufs neue die Möglichkeit zu einer interessanten publizistischen Feldstudie: Wie finden sich die Kritiker ohne den gewohnten Kompaß der idealistischen Ästhetik zurecht? Was bleibt, wenn die Geschichte von der langwierigen und dornenvollen Genese des Projekts voller Ehrfurcht erzählt (asketische Meisterleistung), die autonome Finanzierung gebührend gewürdigt (wertschöpferische Meisterleistung), der Begriff Land-Art glücklich erläutert (kunsthistorische Meisterleistung), die eindruckheischenden Zahlen zu Toren, Helfern und Stoffbahnen akkurat gelistet sind (logistische Meisterleistung)? Es bleibt – Ergriffenheit.

»Christo möchte den New Yorkern in der kahlsten, trübsten Jahreszeit ein Band aus Farbe schenken.« *(taz)* »Aus den Knospen werden wie Triebe die Tore wachsen, an denen die Nylonfahnen in kokonartigen Säcken wie Blütenblätter auf ihre Entfaltung warten.« *(Focus)* »Das wedelnde Tuch wird zur Folie, auf die sich Sonne, Wolken, Wind, Geäst, die Konturen der Menschenmassen, Regen und Dunkelheit einschreiben.« *(FAZ)* »Dies heitere Schweben und Wogen, das leichte Kräuseln, das zarte Zurren, das Tändeln, Schlenkern, Treiben, das hätte sich so beschwingt niemand vorstellen können.« *(Zeit)* »Wie ein mit Sonnenenergie und viel zu vielen Goldfischen angefüllter Fluß schlängelt sich das Band über die Wege, um Teiche, entlang der Liegewiesen, durch die wintermüden Bäume hindurch … ein sehr intimes Geschenk der Künstler an ihre Wahlheimat … Es wird sich einprägen, wie eine tiefe Erinnerung an eine ergreifende Melodie, ein intensiv wahrgenommener Geruch oder ein frischer Wind im losen Haar.« *(Neues Deutschland)* »Wer dazu in der Lage war, umarmte den Augenblick und empfand zenartig beseelten Gleichmut und, gerade an sonnigen, böigen Tagen, fast Glück beim Farbenspiel zwischen Aprikot, Mandarin, Orange, Gold und … Safran.« *(Welt)* »Ab und zu wurde auch die Sonne aktiv, und wenn es wieder so weit war, schien sie sich direkt über die Köpfe der Spaziergänger zu hängen. Jeder Vorhang war dann aus Sonnenstrahlen gewebt. Verabschiedete sie sich, blieb immer noch der Wind, der die Vinylpaneele zu zischenden und klatschenden Safranfluten aufpeitschte.« *(FAZ)* »Was bleiben wird, sind die Bilder. Das leuchtende Goldorange, wenn die Februarsonne die schwebenden Segel zum Glühen bringt, das schimmernde Tuch, das den Park … wie eine vom Wind bewegte Theaterkulisse durchzieht.« *(NZZ)* »Kunst zeigt sich hier einmal mehr als eine der letzten Nischen, in denen sich die Merkantilgesellschaft noch so etwas wie Spiritualität gestattet.« *(SZ)*

Man darf gespannt sein, welches Echo die diesjährige Bundesgartenschau erwartet.

Ökonomiekolumne

Religion im Angebot

Von Rainer Hank

Stadt ohne Gott?, im Original *The Secular City*, ist der Titel eines berühmten Buches des Religionswissenschaftlers und Theologen Harvey Cox, das vor vierzig Jahren erschien. Das Buch war ein großer Erfolg; es fand über eine Million Käufer und wurde bald in 14 Sprachen übersetzt. Seine These: Die Heraufkunft einer säkularen Zivilisation und der Zusammenbruch der traditionellen Religion sind die beiden bestimmenden Kennzeichen unserer Zeit.

Cox' Buch sollte die christliche Antwort auf die Unumkehrbarkeit der Säkularisierung sein. Daß der Säkularisierung epochale Bedeutung zukomme, war für Cox selbstverständlich – ihre Geltung mußte nicht eigens dargelegt werden. Nicht die Säkularisierung, sondern die daraus abzuleitenden Konsequenzen sind Thema der Abhandlung. Dabei macht Cox auf geschickte Weise eine Tugend aus der Not. Die Verweltlichung der Welt wird von ihm nicht etwa als antichristlicher Verfall bedauert, sondern als ursprüngliche Sinnerfüllung der christlichen Botschaft begrüßt. In der Tradition Bonhoeffers war Cox davon überzeugt, daß Christentum und Religion Gegensätze sind. Wenn letztere abstirbt, kann der Gehalt des Christentums um so klarer zur Geltung kommen. Säkularisierung geschieht, wenn der Mensch seine Aufmerksamkeit von den jenseitigen Welten ab- und dieser Welt und dieser Zeit zuwendet.

Dietrich Bonhoeffer hat die Säkularisierung 1944 das »Mündigwerden des Menschen« genannt, worin sich ein »religionsloses Christentum« erst richtig entfalten könne. Daß künftig nicht mehr religiös, sondern nur noch »weltlich von Gott zu reden« sei, wird von ihm ausdrücklich begrüßt: Den biblischen Schöpfungsbericht interpretiert er als Beginn einer »Entzauberung der Welt« (Max Weber). Die Genesis, sagt Bonhoeffers amerikanischer Schüler Cox, sei nichts anderes als eine entmythologisierende Erzählung, welche Juden und Christen die Überwindung jeglicher magischen Naturreligion lehren solle.

Der Trick einer Umdeutung des Christentums funktioniert: Es muß sich trotz Säkularisierung keine Sorgen um seine Zukunft machen. Im Gegenteil, der christliche Glaube kommt im Prozeß der Entzauberung erst zu sich selbst und wird gewahr, daß er im Kern immer schon areligiös gewesen war. »Atheistisch an Gott glauben«, war die Devise der Theologen.

Seit der Aufklärung teilen die besten Denker Europas und Amerikas die Auffassung, daß Religion einen frühkindlichen Zustand menschlicher Entwicklung reflektiere – primitiv, archaisch, irrational und abergläubisch –, der sich indessen im Zuge der Menschheitsentwicklung überwinden lassen werde. In dem Maße nämlich, in welchem die Naturwissenschaft rationale Antworten auf die Frage nach Herkunft, Wesen und Ziel von Mensch und Welt zu geben versprach und Technik diese Welt als menschlich beherrschbar erwies, werde sich Religion von selbst erübrigen.

Mehr noch: Wenn Religion das Opium jener ist, die im Leben zu kurz kamen, dann läßt sich wirtschaftliches Wachstum geradezu als Weg zur Überwindung illusionärer Religionsnotwendigkeit beschreiben. Denn abermals gilt: In dem Maße, in dem der Wohlstand der Nationen, gemessen am Bruttoinlandsprodukt pro Einwohner, wächst, brauchen die Menschen keine Religion mehr. Wer auf Erden schon reich und glücklich wird, hat das Paradies nicht mehr nötig. Mögen die Menschen in armen Ländern noch längere Zeit religiös bleiben, in industrialisierten Staaten vertreibt das wirtschaftliche Wachstum den Glauben.

Von Hume bis Marx, von Freud bis Durkheim und Max Weber galt der Konsens: Religiöse Praxis stirbt ab, religiöser Glaube wird überflüssig. Er wird sich allenfalls retten können, indem er sich verweltlicht (Cox), muß dann aber die Antwort schuldig bleiben, welche Identität einem seiner religiösen Herkunft beraubten Glauben noch zukommt. Radikal verweltlicht, droht auch der christliche Glaube unsichtbar zu werden.

Die Wirklichkeit jedoch hat sich nicht an die Säkularisierungsthese gehalten. Cox' Sorgen, wie das Christentum in einer säkularen Welt überleben werde, muß sich heute niemand mehr machen. Denn anders als von der Säkularisierungsthese vorhergesagt, lebt die Religion heute auf der ganzen Welt. Die Millionen Menschen, die zum Begräbnis von Papst Johannes Paul II. nach Rom pilgerten, sind Zeugnis dafür, daß von einem religionslosen Christentum nicht die Rede sein kann. Nicht Marx, Freud oder Durkheim, sondern Alexis de Tocqueville hat am Ende recht behalten: »Unglücklicherweise passen die Fakten nicht zur Theorie«, schleuderte er schon Anfang des 19. Jahrhunderts allen Religionskritikern entgegen.

Für Tocqueville gibt es keinen Zweifel daran, daß Religion historisch von Dauer sein wird. Sie ist jene politische Institution, auf der Rechtsstaatlichkeit und Freiheit, Basis von Wirtschaft und Gesellschaft erst gründen. Denn ohne Sitte und Moral fehlt Recht und Freiheit ihre Garantie. Sitte und Moral aber beziehen ihre Geltung aus der Religion. »Die Freiheit sieht in der Religion die Gefährtin ihrer Kämpfe ... Sie betrachtet die Religion als Schutzwehr der Sitte, die Sitte als Bürgschaft der Gesetze und als Pfand ihres eigenen Bestehens«, heißt es in seinem Klassiker *Über die Demokratie in Amerika*.

Weit über die Hälfte der Menschheit sagt heute, Religion sei für sie »sehr wichtig«. Mehr als die Hälfte der Menschheit bekennt, täglich zu beten. Über ein Drittel der Weltbevölkerung besucht wenigstens einmal in der Woche einen Gottesdienst. Eine säkulare Welt sähe anders aus. Gewiß, auch die Theoretiker der Säkularisierung mußte ein Blick auf die Vereinigten Staaten irritieren. Denn dort blüht, was in einem fortschrittlich industrialisierten Land eigentlich gar nicht blühen darf: eine bunte und vielfältige religiöse Praxis.

Fast zwei Drittel aller US-Bürger glauben an Gott, über die Hälfte besucht am Sonntag den Gottesdienst. Bekennende Atheisten gibt es kaum. Doch die soziologische Schule hat das Verhalten der Nordamerikaner als Ausnahmeerscheinung abgetan: »American Exceptionalism«. Einem Land, in dem sich – Paradebeispiel der Ausnahme – nie eine sozialdemokratische Partei entwickelt hat, ist auch zuzutrauen, daß dort die Säkularisierung ohne Wirkung bleibt. Denn immerhin hat sich Europa gemäß der Theorie verhalten: religiöse Praxis und religiöser Glaube sind seit Jahren im Niedergang. Nur ein Drittel der Europäer glaubt noch an Gott.

Diese Deutung kann von ihrem Kopf auf die Füße gestellt werden. Es waren amerikanische Ökonomen, die vor zehn Jahren den schärfsten Widerspruch zu einer von Soziologen erfundenen Säkularisierungsthese formuliert haben. Wer sagt denn, daß Amerika die religiöse Ausnahme und Europa die religiöse Regel ist? Schon die Zahlen sprechen dagegen: Nur in Zentraleuropa verschwindet der Glaube. In Polen sieht es bekanntlich anders aus. In Südamerika oder Afrika auch. Ganz zu schweigen vom Wachstum des Islam und vieler asiatischer Religionen. Woran das liegt, läßt sich mit einer ökonomischen Theorie rationaler Entscheidungen begründen. Menschen verhalten sich nämlich bei der Wahl ihres Glaubens genauso rational wie beim Kauf eines Autos. Dort, wo der »Nutzen« die »Kosten« überwiegt, werden sie das religiöse Angebot wählen. Ob ein religiöser Markt wächst oder schrumpft, darüber entscheiden die Qualität dieses Angebots, die Preise und die Intensität des Wettbewerbs.[1]

Adam Smith hat – in einem lange übersehenen Kapitel des *Wohlstands der Nationen* (fünftes Buch, erstes Kapitel, dritter Teil, dritter Abschnitt) – bemerkt, daß Wettbewerb auch zwischen den Religionen das Geschäft belebt und die Qualität des Angebots schärft. Religionen und Denominationen sind für den Ökonomen Unternehmen, welche die religiöse Nachfrage befriedigen. Wie auf dem Markt der Wirtschaftsunternehmen gilt auch hier Says Theorem: Das Angebot schafft sich seine Nachfrage. Vielfalt führt demnach zur Schärfung des kirchlichen Profils und zur Verbesserung der religiösen Qualität. Je mehr Kirchen, Bekenntnisse, Sekten und Denominationen es in einer Kommune gibt, um so härter wetteifern sie um Gläubige, um so besser werden ihre Pfarrer die Gottesdienste vorbereiten. Um so besser für die Religion.

In Boston gibt es im besten bürgerlichen Viertel von Beacon Hill die Emmanuel-Kirche der Episcopal Church. Das ist die amerikanische Spielart der anglikanischen Hochkirche. Die Gemeinde ist über die Stadt hinaus bekannt, weil dort jeden Sonntag eine Bachkantate aufgeführt wird, deren musikalische Qualität jedem Konzertsaal der Welt Ehre machen würde. Der Gottesdienst ist freilich alles andere als Beiwerk zur Musik: Die »anglikanische« Liturgie ist sich ihrer strengen Form bewußt. Die Predigt des Pfarrers, der dort seit Jahren amtiert, hat theologisch hohes Niveau; sie ist reformatorisch streng und zugleich liberal im Sinne linker amerikanischer Ostküstenstimmung (also für die gleichgeschlechtliche Ehe und gegen den Arbeitszwang für alleinerziehende Mütter), ohne den Gläubigen politisch korrekt nach dem Munde zu reden.

Mit diesem Profil besitzt die Emmanuel-Gemeinde ein Alleinstellungsmerkmal auf Bostons kirchlich-religiösem Markt. Der »Eintritt« zum Sonntagsgottesdienst ist für jedermann frei. Die Gemeindemitglieder sind freiwillig bereit, ihr Angebot zu finanzieren, ein jeder nach seiner Leistungsfähigkeit. Weil sie wissen, daß das religiöse Angebot seinen Preis wert ist. Arm ist die Gemeinde nicht; denn ihre Mitglieder gehören zu Bostons Gentry. Wirklich reich ist sie auch nicht, denn das Angebot ist elitär und zieht keine Massen an.

Gerne wird gesagt, der religiöse Markt in Amerika – abwertend wird von Sekten gesprochen – befördere den Fundamentalismus. Dabei verwechselt der Vorwurf die Radikalisierung religiöser Inhalte (die immer möglich ist, aber aus Wettbewerbsgründen nicht sein muß) mit der Profilierung des religiösen Angebots. Solche Produktprofilierung des religiösen Angebots ist in Zentraleuropa, insbesondere in Deutschland, verpönt. Das widerspräche einer Theologie der Gleichheit.

Doch genau damit könnte der Niedergang des kirchlichen Lebens in Europa zusammenhängen. Denn wo alles gleich ist, ist bekanntlich auch alles gleichgültig. Ökonomisch gesehen sind nämlich Staatsreligionen – wie in Nordeuropa – oder quasi staatlich finanzierte und durch Staatsverträge (Konkordate) abgesicherte Religionen wie in Deutschland und Österreich nichts anderes als Monopole. Es trifft sie das Schicksal aller Monopole: Auf Dauer werden sie träge, ineffizient, verlieren ihre Innovations- und Anziehungskraft auf die religiösen Bedürfnisse der Menschen. Denn es herrscht kein Wettbewerb.

So gesehen wäre die Reformation nicht Fluch, sondern Segen für das

[1] Einen Überblick über die neue Ökonomie der Religion bietet Laurence R. Iannaccone, *Introduction to the Economics of Religion*. In: *Journal of Economic Literature*, September 1998, S. 1465–1496.

Schicksal des Christentums. Aus Sicht Luthers, Calvins oder Zwinglis glich das Christentum im frühen 16. Jahrhundert einem Monopolisten, dem jegliche Kreativität abhanden gekommen war. Während im Mittelalter Bettel- oder Predigerorden die herrschende Kirche unter Wettbewerbsdruck brachten, freilich von der etablierten Kirche rasch integriert wurden, hat der Protestantismus christlichen Wettbewerb dauerhaft installiert. Tatsächlich entspricht die gegenreformatorische Antwort der »katholischen« Kirche dem Verhalten jedes Ex-Monopolisten, der von einem Wettbewerber herausgefordert wird: Er wird sein eigenes Profil schärfen, und er wird besser werden. Die Reformation war für den Katholizismus heilsam. Luther hat, paradox gesprochen, die Zukunft des Papsttums gesichert. Der Anspruch auf absolute Wahrheit, den der Katholizismus bis heute erhebt, kann kaum lebendiger gehalten werden als durch einen protestantischen Wettbewerber, der allein durch seine Existenz diesen Anspruch bestreitet – als »sein bleibender Stachel« (Papst Benedikt XVI.).

Heute gibt es in Deutschland zwar immer noch das Duopol der beiden großen Kirchen. Doch statt Wettbewerb herrscht Ökumene. Ökumene ist – ökonomisch gesehen – nichts anderes als das Kartell zweier Gebietsmonopolisten, die sich ihre Reviere nicht streitig machen und ihre Preise absprechen. Tatsächlich gleichen sich die Kosten für die protestantische und katholische Kirchenmitgliedschaft. Sie werden vom staatlichen Steuermonopolisten erhoben. Wer sich vom Wettbewerb mehr kirchliche und religiöse Dynamik verspräche, müßte unterschiedliche Preise für kirchliche Leistungen verlangen, am besten nicht konfessionseinheitlich, sondern dezentral festgesetzt, unterschiedlich von Gemeinde zu Gemeinde. Und wer das christliche Leben in Deutschland beleben wollte, müßte nicht ökumenisch auf Vereinheitlichung von Glauben und religiöser Praxis hinarbeiten, sondern kontroverstheologisch die Differenzen schärfen. Es würden beide Konfessionen profitieren.

Mehr noch: Kirchen, die sich nicht über Steuern, sondern über freiwillige Beiträge ihrer Mitglieder finanzieren, wären gezwungen, Preise und Leistungen in ein angemessenes Verhältnis zu bringen. Nur wenn deutlich wird, was der Gläubige für sein Geld bekommt, wird er seiner Gemeinde treu bleiben und nicht zur Konkurrenz wechseln, siehe Boston. Während Trägheit die Gefahr des europäischen Staatskirchentums ist, ist Abwanderung zum »Häretiker« die Herausforderung für den amerikanischen Kirchenmarkt. Solche Drohung verhindert Trägheit von alleine.

Es könnte sein, daß die Steuerfinanzierung ein wichtiger Grund für den Niedergang der christlichen Kirchen in Deutschland ist. Denn die Gemeindemitglieder wissen nicht, was sie für ihr Geld bekommen. Sie treten dann entweder aus oder aber – da sie ja ohnehin zahlen müssen – nehmen am Gemeindeleben nicht teil. Zugleich bleiben die Kirchen in chronischer Finanznot; denn aus Sicht der kirchlichen Anbieter muß der Service nicht auf die Einnahmen Bezug nehmen, sondern soll »objektiven« Vorgaben über die Aufgaben der Kirche gehorchen. Kein Wunder, daß die Not der Kirchen jener Krise ähnelt, in welcher sich seit Jahren die ebenfalls monopolistisch verfaßten Systeme der Altersvorsorge oder Gesundheitssicherung befinden. Allemal sind die Funktionäre der Meinung, Glaube oder Gesundheit seien Güter, deren Erstellung man besser nicht dem Markt überlassen sollte. Dabei werden sie nur Opfer der Gesetze staatlich gesicherter Monopole, die, weil dem Wettbewerb entzogen, ihren schleichenden Niedergang kaum verhindern können. Sie scheitern an den Gesetzen des Marktes, denen sie sich doch so gerne entzögen.

Das alles ist bedauerlich für das Christentum in Europa. Aber ist es auch bedauerlich für Wirtschaft und Gesellschaft? Ja, sagt der Harvard-Historiker Niall Ferguson. In einem frechen Essay wirft Ferguson die Frage auf, ob es womöglich einen kausalen Zusammenhang gibt zwischen dem Niedergang der Religion und der Wachstumsschwäche Kontinentaleuropas.[2] Unübersehbar sind gewiß die Produktivitätsdifferenzen zwischen Amerika und Europa. Sie sind – auch – darauf zurückzuführen, daß Amerikaner signifikant länger arbeiten als die Europäer. Der durchschnittliche Amerikaner schuftet knapp 2000 Stunden im Jahr, der durchschnittliche Deutsche 1500. Mit dem Versprechen einer 35-Stunden-Woche zuzüglich vieler Feiertage war in den USA noch nie viel Staat zu machen.

Solche Unterschiede wecken bei Ferguson die Erinnerung an Max Weber. Ein Land wie Amerika, das seine puritanische Arbeitsethik über die Jahrhunderte konstant gepflegt hat, käme nur um den Preis eines extrem schlechten Gewissens auf die Idee, die Freizeit über die Arbeit zu stellen. Dabei hat sich die religiöse Arbeitsethik längst von ihrer strengen Weberschen Bindung an den Protestantismus gelöst. Auch die asiatischen Religionen sind als Motivator für wirtschaftlichen Erfolg bekannt. Und der Katholizismus hat seine irdische Daseinsvergessenheit unterdessen aufgegeben.

Aus gutem Grund zögert Ferguson gleichwohl zu behaupten, es gebe eine direkte Korrelation zwischen Religiosität und Wohlstand. Denn immerhin macht er darauf aufmerksam, daß für Max Weber die Askese der Christen den maßgeblichen Anteil am Erfolg des Kapitalismus hat. Sparen und Investieren, zurückgehaltener Konsum, sind die Treiber der protestantischen Ethik. Der aktuelle wirtschaftliche Erfolg Amerikas beruht aber auf dem Gegenteil: der unstillbaren Konsumlust der Amerikaner, die – hedonistisch und nicht asketisch – ihren Verbrauch ohne Bedenken über Kredite finanzieren (was für den klassischen Protestantismus ein erhebliches schlechtes Gewissen produziert hätte).

Der Harvard-Ökonom Robert Barro hat zusammen mit seiner Frau Rachel McCleary, einer Religionswissenschaftlerin, seit über zehn Jahren Max Webers Thesen empirisch mit viel Datenmaterial untersucht.[3] Dabei zeigt sich: Webers Zusammenhang zwischen Kapitalismus und Religion ist auch heute noch gegeben. Religion, so das zentrale Ergebnis der Harvard-Studien, wirkt sich positiv auf wirtschaftliches Wachstum aus. Denn zentrale Werte des Glaubens – Ehrlichkeit, Vertrauen, Arbeitsmoral, Sparsamkeit, Öffnung für Fremde – sind zugleich wichtige Voraussetzungen für wirtschaftlichen Erfolg. Religiosität ist eine sich selbst verstärkende Ressource. Sie wird durch fortgesetzten Konsum nicht verzehrt, sondern vermehrt. Religiosität verbessert wirtschaftliche Effizienz, indem sie Transaktionskosten reduziert: Respekt vor dem Privateigentum und Vertragstreue können zwischen ehrlichen Menschen, die nicht betrügen, vorausgesetzt werden. Privateigentum und Vertragsfreiheit aber sind die zentralen rechtsstaatlichen Institutionen, ohne die kein Markt gedeihen könnte.

Mehr noch: Anders als die Aufklärer aller Jahrhunderte meinten, gibt es eine positive Korrelation zwischen Glaube und Bildung. Intellektuelle Erziehung führt nicht zur Abkehr vom »Kinderglauben«, sondern löst im Gegenteil eine Hinwendung zur Religion aus. Dafür gibt es eine raffinierte Erklärung: Anders als die Religionskritiker meinten, ist christliche Religion alles andere als naiv. Sie ist mit Theologie beladen, widerspricht dem Common sense und aller politischen und moralischen Korrektheit. Um sie zu verstehen, bedarf es erheblicher intellektueller Anstrengung. Wer

---

2 Niall Ferguson, *Economics, Religion and the Decline of Europe*. In: *Economic Affairs*, Dezember 2004, S. 37–40.

3 Robert J. Barro / Rachel M. McCleary, *Religion and Economic Growth*. National Bureau of Economic Research. Working Paper 9682, Mai 2003. Das Forschungsprojekt zu Religion und politischer Ökonomie findet sich unter: www.wcfia.harvard.edu/programs/prpes/

glaubt, gibt den Verstand am Eingang der Kirche nicht ab, sondern gebraucht ihn gerade da, wo der Glaube konventioneller Weisheit und Vernunft widerspricht. Kein Wunder, daß Bildung Religiosität befördert und nicht behindert.

Entscheidend für die politische Ökonomie des Religiösen ist die Unterscheidung zwischen Glaube (»belief«) und religiöser Praxis (»belonging«). Glaube – das sind religiöse Überzeugungen über Gott, über Anfang und Ziel der Schöpfung, über Himmel und Hölle, aber auch Wertehaltungen über das rechte Leben und vieles mehr – vergewissert sich in allen Religionen seiner Wahrheit in den Vollzügen der Gemeinschaft: in Gottesdienst, gemeinsamem Gebet etc. Religiöse Praxis orientiert sich ihrerseits an der gemeinsamen Überlieferung (Schrift und Tradition), deren Auslegung in den meisten Fällen an Funktionsträger gebunden ist, jedenfalls nicht subjektiver Beliebigkeit anheimgestellt ist und gerade deshalb der Gemeinschaft bedarf.

Aus Sicht der Ökonomen gilt dabei: Glaube ist der religiöse Output, der durch religiöse Praxis als Input produziert wird. Das Verhältnis zwischen Aufwand und Ertrag kann dabei als Maß »religiöser Produktivität« gelten. Das heißt salopp gesprochen: Je mehr religiöse Praxis der Glaube zu seiner Erstellung benötigt, um so weniger produktiv ist er. Je mehr Ressourcen (Gebets- oder Gottesdienstzeit) der Glaube braucht, um so schwächer der wirtschaftliche Ertrag.

Die Unterscheidung zwischen »belief« und »belonging« klingt ebenfalls wie eine Erinnerung an die Webersche Protestantismusthese: Je innerlicher, intellektueller oder spiritueller eine Religion ist, um so größer der wirtschaftliche Erfolg der Gläubigen. Allzuviel Kirchgang und Gebet hält den Kaufmann vom Geschäft ab. Es wundert nicht, daß die effizienten Amerikaner in den vergangenen Jahren statistisch weniger Zeit für den Gottesdienst aufgewendet haben, zugleich aber ihren Kirchen mehr Geld spenden. Der Gottesdienstbesuch ging zurück, die kirchlichen Finanzmittel nahmen zu: als ob sich Frömmigkeit in der Gemeinde statt in Zeit auch in Spenden abgelten lasse. Der Effizienz religiös vermittelten wirtschaftlichen Wachstums bekommt das allemal.

Die Minimierung religiöser Praxis gelingt freilich nur bis zu einem gewissen Grad. Denn ganz offensichtlich kann das Verhältnis zwischen religiöser Praxis und religiöser Überzeugung nie vollständig zugunsten des Glaubens aufgelöst werden. Religion verkommt, wird sie gänzlich in die Innerlichkeit transformiert. Glaube braucht Gemeinde. Motivation allein reicht nicht. Religiosität braucht Sozialität. Glaube ist religiöses Kapital, das zu seiner Herstellung eines sozialen Raums bedarf. Darin hat religiöses Kapital eine große Verwandtschaft zu sozialem Kapital (Vertrauen). Beide Male handelt es sich um menschliche Strategien zur Bewältigung der Zukunft unter den Bedingungen der Unsicherheit. Die liberale Gesellschaft lebt von Voraussetzungen, die sie selbst nicht garantieren kann.[4] Es sind dies auch religiöse Voraussetzungen. Religion ist (eine) Garantie für Freiheit, wie Tocqueville früh erkannt hat, auch in der vermeintlich säkularen Welt.

---

4 So die berühmt gewordene Formulierung von Ernst-Wolfgang Böckenförde, *Die Entstehung des Staates als Vorgang der Säkularisation*. In: *Recht, Staat, Freiheit*. Frankfurt: Suhrkamp 1991.

Schiller – lebt er?

Bei Betrachtung einiger neuer Biographien

Von Wulf Segebrecht

Geflügelte Worte erweisen sich nicht selten als wahre Stolpersteine auf dem Weg zu Schiller. Das gilt vorzugsweise für Goethes Klagwort »Denn er war unser« aus den Stanzen, die zuerst 1805 in Bad Lauchstädt nach Schillers Tod vorgetragen wurden. Seither wird dieses Wort regelmäßig dann mit entsprechendem Tremolo wiederholt, wenn es ihn wieder einmal zu feiern gilt.

»Denn er war unser«: Als wäre es die höchste Auszeichnung für ihn, ihm nachzurufen, er sei unser gewesen – oder gar einer von uns? Da könnte, was als Klage über den Verlust und Preis des Verstorbenen intoniert wurde, unversehens in Selbstlob umschlagen: Wir würden es ihm, aber auch uns zugute halten, daß er unser war, wenn auch gewiß nicht unsresgleichen; denn dann würde sich jede Würdigung Schillers erübrigen. Er wäre nur, was wir schon sind, und wir müßten nicht erst werden, was er war. Zwischen diesen problematischen Positionen – der Aneignung Schillers und der Anpassung an ihn – spielen sich notwendigerweise die Versuche ab, Leben und Werk Schillers erneut darzustellen.

Eine zweite Bedeutung des zum geflügelten Wort gewordenen Goetheschen Diktums kommt hinzu, und sie ist möglicherweise für Schiller-Biographen sogar noch gravierender. Goethe hat die Formulierung »Denn er war unser« in seinem Klagegedicht als ein »stolzes Wort« bezeichnet: Wir dürfen, heißt das, vor allem stolz darauf sein, daß Schiller unser *war*, nicht in erster Linie darauf, daß er unser *ist*. Unsere Inanspruchnahme Schillers steht demnach unter dem Vorbehalt der Anerkennung seiner Vergangenheit. Wir haben uns als historisch Denkende zu qualifizieren, wenn wir ihn als »unseren« Schiller erfahren wollen.

Diese Auflage einer angemessenen Schiller-Rezeption wurde, betrachtet man die wiederholte Einvernahme Schillers seit seinem Tod, selten erfüllt. Allzu viele ihm nachfolgende Generationen haben sich ihn unkritisch zu eigen gemacht und das zurückblickende »stolze Wort« Goethes bedenkenlos ins Präsens des Besitzes und der Verfügungsmacht übersetzt: Er wurde zum »Zeitgenossen aller Epochen«, ob sie nun national oder sozial, kaiser-, reichs- oder führertreu, revolutionär oder reaktionär bewegt waren.

Die Zweifel an der Berechtigung solcher aktualisierenden Inanspruchnahmen Schillers sind jüngeren Datums; die Indienstnahmen kamen, solange es noch zwei deutsche Staaten gab, in den unterschiedlichen Antworten auf die Provokation der klassischen deutschen Literatur zum Ausdruck: in der gequälten Erbediskussion im Osten und in der eilfertigen Proklamation des Todes der klassischen bürgerlichen Literatur im Westen. Beide Positionen haben sich mit dem Ende der politischen und weltanschaulichen Konfrontation zwischen zwei deutschen Staaten auf deutschem Boden erledigt. Seither muß niemand mehr Schiller für sich in Anspruch nehmen oder ihn aktuell bekämpfen; das Präteritum in Goethes Nachruf – »er *war* unser« – kann endlich ernst genommen werden. Als ein *vergangener* Schiller steht Schillers Bedeutung heute auf dem Prüfstand: Was bedeutet uns Schiller, was ist er uns heute wert als einer, der in der Vergangenheit immer »unser« gewesen ist?

Gegenwärtige Nachfragen nach Schiller sind deshalb zugleich auch Fragen nach der Geschichte des Selbstverständnisses derer, die Schiller als den Ihrigen betrachtet haben. Im Falle Schillers gibt es noch weniger als bei anderen Autoren, an die wir uns gelegentlich erinnern wollen, die bequeme Alternative zwischen ihrer Aktualisierung und ihrer Historisierung; die exzeptionelle Geschichte der Rezeption Schillers ermöglicht auch einen exzeptionellen Umgang mit ihm und seinem Werk heute. Die Frage, wie Schiller zu dem geworden ist, als den wir ihn uns heute vorstellen und den wir heute kennenlernen können, steht ausgesprochen oder unausgesprochen hinter jeder der zahlreichen Schillerbiographien, die uns das »Schillerjahr« 2005 beschert hat; sie ist auch dort, wo sie nicht eigens diskutiert wird, das legitimierende Movens der erneuten Zuwendung zu Schiller.

So beginnt Sigrid Damm Schillers Lebensgeschichte als Geschichte ihrer eigenen anfänglichen Abwehr gegen ihn und ihrer eigenen Faszination durch ihn.[1] Sie ist (und bleibt) befremdet von dem Idealisten und Moralisten Schiller; sie ist (und bleibt angeblich) fasziniert von dem Dramatiker und Denker, von seiner lauteren »Wahrheitssuche« und entdeckt an ihm die Widersprüche zwischen der Weite seiner Gedankenwelt und der Enge der Verhältnisse, in denen er leben mußte, gequält von Schulden und Krankheiten, ein »Abenteurer auf dem Papier«. Sie sympathisiert nicht mit ihm, obwohl sie ihn bewundert. Er bleibt ihr fremd und zutiefst fragwürdig.

Immer wieder münden die Beschreibungen seiner Lebensäußerungen und die spärlichen Kommentare dazu in unbeantwortete Fragen ein. Vieles »muß offen bleiben«. Was mag Schiller bei dieser oder jener Gelegenheit gedacht, gefühlt, gewollt haben? »Wir wissen es nicht«, »Wir wissen ... wenig« und ähnliche Formulierungen begegnen immer wieder. Einmal heißt es: »Wie es wirklich war, ist nicht überliefert«, und dieser Umstand erweist sich für die Konzeption der Schiller-Biographie von Sigrid Damm als ein Glücksfall; denn er ermöglicht es ihr, die sachlichen Ergebnisse ihrer gründlichen Recherchen mit sehr persönlichen Zugangswegen zu Schiller zu kombinieren. Sie setzt sich den Selbstäußerungen Schillers aus, fragt nach der Wirkung auf sie selbst, mischt sich als Verfasserin in den Gang der Dinge ein, schreibt im Ich-Ton von eigenen Erfahrungen im Umgang mit Schiller und seinem Nachruhm, schlägt dem Leser vor, was er sich vorstellen könnte: »Man stelle sich vor: Schiller reist nach Paris«; oder »stellen (wir) uns vor, Schiller läse Goethes Faust«.

Und im Angesicht des Dioskuren-Denkmals vor dem Weimarer Theater überkommt Sigrid Damm selbst schließlich sogar eine veritable Vision; sie sieht: »Eine hagere Gestalt steigt die Stufen empor, Schiller in seiner Loge; keine Lockenfülle, keine heroische Geste, schütteres Haar, ich sehe einen bereits vom Tode gezeichneten Mann, sehe ihn, wie ihn Schadow in jenen Tagen in Berlin in seiner berührenden Zeichnung festgehalten hat«. Persönliche Ergriffenheit der Verfasserin signalisiert auch das oft benutzte Stilmittel des Anakoluths oder Stenogramms: »Überwältigtsein. Vom Stück. Berührung durch die Tatsache seiner Geheimhaltung. Nachwelt. Mitwelt«.

Keines der biographischen Bücher von Sigrid Damm enthält so viele Fragezeichen wie dieses. Der Grund dafür liegt auf der Hand: Es ist die fast vollständige Eliminierung von Schillers Werk aus einem Leben, das Schiller selbst doch mit großer Entschiedenheit ganz diesem Werk untergeordnet hat. Um die rigorose Trennung von Werk und Person zu rechtfertigen, die sie vollzieht, beruft sich Sigrid Damm auf eine Briefäußerung Schillers an Caroline von Beulwitz vom 25. Februar 1789: »Wenn mich je das Unglück oder Glück träfe,

---

1 Sigrid Damm, *Das Leben des Friedrich Schiller. Eine Wanderung*. Frankfurt: Insel 2004.

sehr berühmt zu werden ..., so seyen Sie mit Ihrer Freundschaft gegen mich vorsichtiger. Lesen Sie alsdann meine Schriften und lassen den *Menschen* übrigens laufen«.

Diesem Ratschlag, der sich ja nicht auf die prinzipielle Möglichkeit einer Trennung von Werk und Person überhaupt bezieht, sondern auf die Überlegung, ob dem Werk oder der Person im Falle einer solchen Trennung Priorität zukommen solle, entzieht sich die Biographin Damm entschlossen: »Ich lasse den *Menschen* nicht *laufen*«, sagt sie; und was die »Schriften« angeht, so beteuert sie zwar: »Ich lese Schiller. Lese, lese«, doch ihre Lektüreeindrücke teilt sie dem Leser nicht mit. »*Wallenstein*. Ich lese das Drama, alle drei Teile«, vermerkt sie, und »Ich lese den *Wallenstein* ein zweites Mal«, und schließlich: »Ich ... lese ihn ein drittes Mal« – aber was sie aus dieser Dichtung herausgelesen hat, verschweigt sie dem Leser hartnäckig.

Statt dessen zitiert sie ein paar Rezeptionszeugnisse und schildert eingehend die Entstehungsgeschichte des Dramas, weil sie »alle für Schillers Schreibverhalten typischen Elemente« zeige. Ist Schillers Schreibverhalten etwa wichtiger als sein Werk? Immerhin lauten die Schlußsätze ihres Buches »Ich verlasse Friedrich Schiller. *Es bleibt nichts als das Werk*«.

Aber gerade diesem Bleibenden, dem Werk, verweigert sich Sigrid Damm von Anfang an: »Nicht das Werk ist Gegenstand meines Buches, es sind die Umstände und Bedingungen seiner Entstehung«. Es geht ihr um Schillers Leben, und zwar erst von dem Zeitpunkt an, zu dem Schiller als Autor der *Räuber* auftritt. Die üblicherweise in der Schiller-Literatur (auch bei Safranski und besonders in der vorbildlichen zweibändigen Schillermonographie von Peter-André Alt aus dem Jahre 2000) breit ausgemalte Vorgeschichte bis zu diesem Erstlingsdrama Schillers läßt Sigrid Damm aus.

Die Hauptquelle ihrer Darstellung sind Schillers Briefe. Aus ihnen werden Schillers Krankheiten und Verhandlungen mit Verlegern und Theatern rekonstruiert, die Liebesverhältnisse und Freundschaften und die familiären Beziehungen; auch als liebevoller Vater tritt Schiller auf. »Ein heiteres Kapitel« darüber wird bereits eingangs angekündigt, und später heißt es: »Man kann von Schiller sagen: seine leiblichen Kinder waren ihm ebenso wichtig wie seine geistigen. Er war gern Vater; war ein liebevoller, geduldiger Vater«. Das mag wohl sein; doch verstand er es auch, sich »die Kinder und das Gesinde« um seines Lebenswerkes willen auf Distanz zu halten.

Nicht ganz so gut wie Schiller selbst kommt Charlotte davon, die Mutter seiner Kinder. Gegen sie spricht aus der Sicht von Sigrid Damm, daß sie offenbar an der gesellschaftlichen Zurücksetzung der Christiane Vulpius beteiligt gewesen ist; aber sie mißfällt ihr auch als Verfasserin poetischer Texte; und die »Art, wie sie das Weihrauchfaß über ihrem toten Mann schwenkt«, stößt Damm vollends ab.

Sie kann letzten Endes keine Begründung dafür angeben, daß sie sich Schiller überhaupt zuwendet. Weder will sie ihn für sich erobern noch ihm Gerechtigkeit widerfahren lassen, sie sieht keine Veranlassung zu einer Revision des Schiller-Bildes oder gar zu seiner Aktualisierung, von einer Würdigung der geschichtlichen Leistung Schillers gar nicht zu sprechen. Mit verblüffender Ehrlichkeit und Einsicht erkennt sie die Nutzlosigkeit ihres Buches für solche Leser, die am Werk Schillers interessiert sind: »Schön wäre es, der Leser würde hier das Buch aus der Hand legen und nach Schillers Texten greifen, sich in seine Briefe *Über die ästhetische Erziehung des Menschen*, seine Schrift *Über naive und sentimentalische Dichtung* vertiefen«. Wo sie sich doch dazu hinreißen läßt, eigene Leseerfahrungen mitzuteilen, da muß man sich mitunter mit recht vordergründigen Beobachtungen begnügen; »die Menschen erleben und erleiden Schreckliches« – das (und nicht viel mehr) entnimmt sie beispielsweise dem bürgerlichen Trauerspiel *Kabale und Liebe*.

Daß und wie demgegenüber Rüdiger Safranski das in Goethes Wort »Denn er war unser« enthaltene Problem der unumgänglichen Historizität und der notwendigen Aktualisierung Schillers zu lösen beabsichtigt, kann man bereits dem »Prolog« seines Schiller-Buches entnehmen, das er als eine »Biographie der Epoche von Klassik und Romantik« zu lesen empfiehlt.[2] Schiller, so heißt es dort, habe »eine ganze Epoche in Schwung gebracht«. Aus seiner Perspektive gewinne der Idealismus wieder Glanz: »Idealismus – daran ist nichts Veraltetes, wenn man ihn so versteht, wie ihn Schiller verstanden hat: der Freiheit eine Gasse«. »Mit Schiller gelangt man in das andere Schattenreich der Vergangenheit: in das unvergeßliche goldene Zeitalter des deutschen Geistes. Es sind Wunderjahre, die einem helfen, den Sinn für die wirklich wichtigen, für die geistvollen Dinge des Lebens zu bewahren«.

Es geht Safranski einerseits unmißverständlich um das »Schattenreich der Vergangenheit«; aber es geht ihm andererseits zugleich auch darum zu erklären, wozu es gut sein kann, sich heute mit dieser Vergangenheit zu beschäftigen. Die Darstellung des Historikers ist, mit anderen Worten, spürbar interessiert und wertend; sie will für die Sache einnehmen, von der sie spricht: Das »unvergeßliche goldene Zeitalter«, die »Wunderjahre« der »Erfindung des deutschen Idealismus«, an denen Schiller entscheidend mitwirkte, bedürfen der sorgfältigen Grundlegung und der Erläuterung.

Die Grundlegung fällt in der Tat eingehend aus. Im Unterschied zu Sigrid Damm, die erst mit den *Räubern* einsetzt, beginnt Safranski mit Schillers Kinder- und Jugendjahren, seinen frühen Erfahrungen mit den Zwängen der herzoglichen Karlsschule, aber auch mit der aufklärerischen Popularphilosophie, dem jugendlichen Freundschafts- und Klopstock-Kult, seiner Bekanntschaft mit dem Geist der Geniezeit. Besonders beeindruckend sind Safranskis Analysen der medizinischen Dissertationen Schillers, mit denen sich der angehende Schriftsteller zwar durchaus kompetent in die zeitgenössischen neurophysiologischen Fachdiskussionen einschaltet, in denen er sich vor allem aber als temperamentvoller philosophischer Kopf zu erkennen gibt und seine »Philosophie der Liebe« entwickelt: Erst die Liebe hauche, nach Schillers Formulierung, der Maschine Körper die Seele ein.

Die Verbindung der Wiedergabe der Lebensgeschichte Schillers mit der Geschichte der zeitgenössischen Ideen gelingt Safranski auch schriftstellerisch hervorragend. Diese ideengeschichtliche Fundierung ist Safranski so wichtig, daß er um ihretwillen sogar eine gewisse Disproportion seines Buches in Kauf nimmt: Die Zeit bis zu den *Räubern* nimmt ebensoviel Raum ein wie die gesamte Lebens- und Schaffenszeit seit Schillers freundschaftlichem Zusammenschluß mit Goethe, in der neben dem gesamten dramatischen Werk seit dem *Wallenstein* bedeutende philosophische Schriften entstanden und die *Horen* sowie die *Musen-Almanache* versorgt werden mußten.

Ein wenig Eile ist gegen Ende des Buches allerdings schon zu bemerken. Für die letzten sechs Weimarer Jahre seit 1799, in denen immerhin *Maria Stuart, Johanna von Orleans, Die Braut von Messina, Wilhelm Tell* und *Demetrius* entstanden, bleiben vergleichsweise wenige Seiten übrig. Die in diesen Jahren geschaffenen Dramen mit Ausnahme des *Wilhelm Tell* werden nicht mehr in der gleichen Ausführlichkeit behandelt.

Überhaupt werden die Dichtungen im Vergleich zu den philosophischen Schriften weniger eingehend betrachtet. Das gilt insbesondere für die lyrischen Arbeiten Schillers. Wo sie philosophisch ergiebig sind (wie etwa *Die Götter Grie-*

---

2 Rüdiger Safranski, *Friedrich Schiller oder Die Erfindung des Deutschen Idealismus*. München: Hanser 2004.

chenlandes oder *Die Künstler*), da finden sie in Safranski einen gleichermaßen geduldigen wie enthusiastischen Interpreten. Und auch die historischen Schriften und der *Geisterseher* werden originell gewürdigt. Doch zu Schillers Gedichten entwickelt Safranski kein rechtes Verhältnis. Für die gewaltsamen Gedichte der *Anthologie auf das Jahr 1782* hat er nur Spott übrig, und den Balladen des Balladenjahres gilt nur eine einzige zusammenfassende Charakterisierung (»Werke von solch wunderbarer Deutlichkeit, daß man sie nicht zu kommentieren braucht«), *Die Bürgschaft* bringt es nicht einmal zu einer Erwähnung, und die berühmte Bürger-Rezension ist Safranski nur interessant, weil Schiller darin dem populären Bürger Charakterschwäche unterstellt, nicht - was vordringlicher wäre - weil sie die Forderung enthält, daß die Lyrik »mit dem Zeitalter fortschritte«, dem sie den »wichtigen Dienst« leiste, angesichts der »Vereinzelung und getrennten Wirksamkeit unserer Geisteskräfte ... den ganzen Menschen in uns wieder« herzustellen.

Ausführlich dagegen, mit spürbarer Beteiligung und mit weiterführenden kulturanthropologischen Überlegungen, die bis in die Allgegenwärtigkeit heutiger Spielformen in den Medien, der Politik, dem Sport usw. führen, erläutert und kommentiert Safranski Schillers Spiel-Theorie (»der Mensch spielt nur, wo er in voller Bedeutung des Worts Mensch ist, und er ist nur da ganz Mensch, wo er spielt«) aus den Briefen *Über die ästhetische Erziehung des Menschen*. Die Brisanz dieser Schrift habe man bis heute noch gar nicht begriffen, hat Safranski im *Spiegel* (4. Oktober 2004) behauptet; gespielte Realität, so führt er in seinem Schiller-Buch aus, sei auch entmachtete Realität, Befreiung von Zwängen. Schillers Therapievorschlag für eine unter den Zwängen der Ökonomie, der Macht, der Triebe, der Nützlichkeit leidende Gesellschaft sei: spielen. Das Spielen habe Schiller als einen Akt der »Lockerung: Zivilisierung, Sublimierung« verstanden, man könnte wohl auch sagen: der Humanisierung der Gesellschaft. Allerdings habe Schiller nicht geahnt, daß sein Therapievorschlag »zu einem Teil des Problems werden könnte, als dessen Lösung er gedacht war«.

So wie hier kann man sich als Leser von Safranskis Schiller-Monographie durchgehend zugleich gut unterrichtet und geistvoll angeregt fühlen. Der Verfasser verbindet Sachkompetenz mit schriftstellerischer Eleganz und historische Gewissenhaftigkeit mit gegenwartsbezogenem Problembewußtsein. Die bündige Formel steht ihm ebenso zu Gebote wie die textnahe Analyse, der zeitübergreifende Vergleich (»Schiller begreift die Freiheit so radikal wie später Sartre«) ebenso wie die strenge wissenschaftliche Terminologie. Kulturhistorische, sozialgeschichtliche, philosophische und psychoanalytische Aspekte kommen in einem ausgewogenen Verhältnis zu ihrem Recht. Safranskis Buch ist in jeder Hinsicht der herausragende Beitrag zum Schiller-Jahr.

Durchaus lesens-, betrachtens- und bedenkenswert ist aber auch die in mehrfacher Hinsicht aus dem Rahmen fallende Schiller-Biographie von Marie Haller-Nevermann.[3] Sie gliedert das Leben Schillers in nur vier größere Phasen: »Herkunft und Kindheit« (bis zum Ende der Karlsschulzeit), »Wanderjahre« (bis zum Eintreffen in Weimar 1787), »Jena« (bis 1799) und »Weimar. Früher Abschied« (1799-1805). Es folgt noch ein fünftes Kapitel, das »Umrisse einer Wirkungsgeschichte« skizziert.

An jedes der sehr sachkundigen biographischen Kapitel schließt sich ein »Porträt« genannter Aufsatz an, der Schiller unter einem jeweils spezifischen Gesichtspunkt charakterisiert. So wird er im Anschluß an das erste Kapitel als

[3] Marie Haller-Nevermann, *Friedrich Schiller. Ich kann nicht Fürstendiener sein. Eine Biographie.* Berlin: Aufbau 2004.

»Dichterarzt und *scharfsinniger Psychologe*« gezeichnet, erscheint nach dem zweiten Kapitel unter dem Gesichtspunkt des zum freundschaftlichen Diskurs besonders Begabten und wird nach dem dritten Kapitel als »Theaterdichter und Publizist« gewürdigt, während auf das vierte Kapitel der Beitrag »Schiller und die Musik« folgt.

Man sieht: Diese Kombination chronologisch verfahrender Lebensgeschichtserzählungen mit übergreifenden thematischen Abhandlungen ermöglicht es auf originelle Weise, solchen Fragestellungen zusammenhängend nachzugehen, die in einer diachronen Annalistik leicht übersehen werden könnten. Allerdings: So sehr man es begrüßen mag, daß mit »Schiller und die Musik« ein nicht ganz gängiger Aspekt Beachtung findet, so muß man doch wohl zugeben, daß es Themen wie »Schiller und das Rechtsdenken seiner Zeit«, »Schiller und die Revolution«, »Schiller und die Antike« mindestens in gleicher Weise verdient hätten, mit einem eigenen Essay berücksichtigt zu werden. Auch lassen sich leichte Irritationen kaum leugnen, die sich dann einstellen, wenn man, nachdem man soeben noch, der Chronologie folgend, mit der Arbeit Schillers am *Wallenstein* im Jenaer Gartenhaus vertraut gemacht wurde, anschließend auf den Theaterzettel und das Titelblatt der *Räuber* stößt, weil hier zusammenfassend der Theaterdichter behandelt wird.

Das Buch ist – darin dem im Text gediegenen, aber typographisch etwas modisch aufgepeppten Schiller-Porträt Kurt Wölfels ähnlich – reichlich mit überwiegend farbigen Abbildungen geschmückt. Sie geben ihm, auch wenn sie gelegentlich briefmarkenklein ausgefallen sind, fast das Aussehen eines Katalogs, wozu auch der zweispaltige Druck mit einer zusätzlichen Marginalspalte und das breite Format beitragen. Besonders hervorzuheben ist das Nachwort (»Das Interesse an Schiller«), das anstelle eines weiteren Porträts dem fünften Kapitel angefügt wurde. Es stammt aus der Feder von Walter Müller-Seidel.

In mancher Hinsicht mit Safranskis Plädoyer für die Aktualität Schillers übereinstimmend, doch auch über ihn hinausgehend, betont Müller-Seidel die Modernität Schillers. Er geht auch auf einige ältere und jüngere wissenschaftliche Untersuchungen zum Werk und Leben Schillers ein, die wirklich Neues zutage gebracht haben, und erörtert konzis die Frage nach der Historizität und Aktualität Schillers. Historisch sei der Freundschaftskult geworden, den Schiller mit Enthusiasmus betrieben habe. Dagegen sei Schillers Reformwerk der Bildung, unternommen in seinen Briefen *Über die ästhetische Erziehung*, kühn und zukunftsweisend. Sein Wissenschaftsverständnis habe die Berliner Universitätsgründung geprägt, und als Historiker habe ihn sein »Glaube an das Fortschreiten humanen Denkens« ausgezeichnet. Als Rechtsdenker habe Schiller den Blick von der Tat auf den Täter gerichtet und auf dem Recht auf Widerstand bestanden, so daß er zu einem Vordenker der Widerständler des 20. Juli 1944 geworden sei. Auch als Psychologe vertrete Schiller eine sehr moderne Psychologie des politischen Handelns, und als Mediziner sehe er deutlich das wissenschaftliche Zeitalter heraufziehen. Die Kunst wecke und erhalte das Bedürfnis der Menschen, das Humanwerden menschlicher Existenz zu realisieren. Müller-Seidel gibt der Schiller-Biographie von Marie Haller-Nevermann das stabile, ideenreiche Fundament und den glanzvollen Rahmen; ohne diese Zugabe wäre das Buch ein wenig trocken und philologisch ausgefallen.

Das kann man der Biographie Jörg Aufenangers gewiß nicht nachsagen.[4] Sie ist recht lebendig, ja fast grell geschrieben, gelegentlich geradezu szenisch und reportagehaft gestaltet, aber es bleibt, genau besehen, doch alles an der Oberfläche. Welche Gedanken und Ideen es waren, die Schiller in seinen Dichtungen entwickelte, erfährt man nicht, und seine philosophischen Arbeiten (»fast ausufernde Schriften zur Philosophie und Ästhetik«) werden ignorant beiseite geschoben. Ausführlich ist beispielsweise die Rede von den spektakulären Umständen der berühmten Antrittsvorlesung, die Schiller als Professor in Jena gehalten hat, doch über ihren Inhalt verliert Aufenanger kein Wort. Hier und da versucht er sich – auch als Laienpsychologe – durch auffällige Thesen bemerkbar zu machen. »Goethe und Schiller – keine Freundschaft«, kann man da etwa lesen; oder: »Für Goethe war der tote Schiller der bessere Schiller«. Etwas komplizierter, aber auch wesentlich ertragreicher war diese Beziehung wohl doch! Warum man heute Schillers Werke lesen sollte, wird nirgends erkennbar.

Aber am Ende, unter Berufung auf die Spielpläne deutscher Theater, findet sich dann doch noch ein Statement über das, was nach der Auffassung von Aufenanger vielleicht von Schiller bleibt: »Vor allem Schillers Schauspiele der Jugend, die *Räuber*, die besonders in Zeiten von Auf- und Umbruch Konjunktur haben, und *Kabale und Liebe* als Anklage gegen versteinerte Verhältnisse, treffen immer wieder den Nerv neuer Generationen über mehr als zweihundert Jahre hinweg, sind und bleiben Säulen der Spielpläne deutscher Theater und sichern Schiller jenen Nachruhm, der damals in Berlin begann«. Das ist, so pathetisch es klingt, entschieden zu wenig! Schillers Größe, von der die Bücher von Alt, Safranski und Haller-Nevermann einen Begriff geben, versinkt bei Aufenanger in den Niederungen einer geschmäcklerischen Trivialität.

»Über die *Werke* eines Dichters zu sprechen ist eine Sache, über den *Menschen*, der ein großer Dichter war, eine andere«, liest man in dem Schiller-Porträt von Kurt Wölfel.[5] Bei Schiller sei »das Prädikat *groß* von den Werken zu seiner

---

4 Jörg Aufenanger, *Friedrich Schiller. Biographie*. Düsseldorf: Artemis & Winkler 2004.

5 Kurt Wölfel, *Friedrich Schiller*. München: dtv 2004.

Persönlichkeit hinübergewandert«. Man könnte das als Rechtfertigungsversuch dafür lesen, daß Wölfel sich mit einer bloßen Lebensbeschreibung der großen Persönlichkeit Schillers unter Vernachlässigung seiner Dichtungen begnügen möchte; und so ist es vermutlich auch gemeint. Doch gewissermaßen unter der Hand drängt sich der Dichter im Verlaufe der Darstellung Wölfels immer stärker in den Vordergrund. Werden die Jugendwerke noch eher en passant erwähnt, so finden sich zunehmend zwar knappe, aber sehr eindringliche interpretierende Abschnitte zu Einzelaspekten der Weimarer Dramen und auch zu den philosophischen Aufsätzen Schillers. Nur so, unter ausdrücklicher Beschäftigung und Auseinandersetzung mit seinem vielseitigen Werk läßt sich überhaupt verantwortungsvoll die Frage erörtern, ob Schiller immer noch oder erneut »unser« ist.

Vorbildlich löst das die schon seit einigen Jahren vorliegende Schiller-Darstellung von Peter-André Alt ein; aus ihr hat der Verfasser zum Schillerjahr eine Art Extrakt destilliert, der sich auch als vorzüglicher Aperitif vor der Lektüre einzelner Kapitel seiner großen Schillerbiographie eignet.[6] Aus der abschließenden »Bilanz« der schmalen, aber mit bewunderungswürdiger Souveränität und mit Sinn für Proportionen erstellten Kurzfassung sei hier der Schlußabsatz zitiert, da er die in dieser Rezension in den Vordergrund gestellte Frage nach Schillers Geschichtlichkeit und Aktualität prägnant beantwortet:

»Die literarische Arbeit entspringt dem Wissen über die Mangelhaftigkeit der politischen Verhältnisse, insofern sie das Fehlen gesellschaftlicher Autonomie – als *ultima ratio* radikaler Aufklärung – reflektiert. Vor diesem Hintergrund bedeutet der ästhetische Idealismus eine Überforderung der Realität, die jenseits subjektiver Exzentrik aus einer permanenten sozialen Defiziterfahrung hervorgeht. Schillers Hoffnung auf die erzieherische Wirkung der Kunst sollte jedoch ernst genommen werden, auch wenn sie im Horizont der wechselnden Schrekkensherrschaften der Moderne illusionär anmutet. Ihr Ursprungsort ist ein dialektisches Denken, das sich selbst kontrolliert, indem es seinen dynamischen Charakter als Element einer modernen Bewußtseinsgeschichte begreift. Schillers unabgegoltene Aktualität liegt in dieser offenen Reflexionskultur begründet, die sein Werk zum Element einer progressiven Aufklärung mit dem Treibsatz der permanenten Kritik am *Status quo* werden läßt«.

Auf pragmatische Weise löst Norbert Oellers, der als Herausgeber der Schiller-Nationalausgabe und als Verfasser zahlreicher Arbeiten zum Werk und zur Wirkung des Dichters ein souveräner Kenner der Materie ist, das Darstellungsproblem einer Biographie, von der man zu Recht erwartet, daß sie auch dem Werk gerecht werden soll.[7] Im Anschluß an eine einleitende knappe Geschichte der Wirkung und Bewertung Schillers beschreibt er in vier Stationen (ähnlich wie Haller-Nevermann) »Schillers Leben« separat auf 70 Seiten, um sich auf den folgenden fast 400 Seiten seinem »Werk« zuzuwenden, und zwar geordnet nach Gattungen, nicht nach Lebensphasen, so daß man zuerst über die »Dramen«, dann über die »Lyrik«, die »Erzählliteratur« und die »Historischen Schriften« sowie über die »Philosophischen Schriften« informiert wird.

Das hat zwar zur Folge, daß Oellers' Buch mit einer Schrift Schillers aus dem Jahr 1795, zehn Jahre vor seinem Tod, abschließt, doch wird das durch den Vorzug großer Übersichtlichkeit aufgewogen, die es den Lesern erlaubt, das Buch zum Nachschlagen über einzelne Werke

---

6 Peter-André Alt, *Schiller. Leben – Werk – Zeit.* 2 Bände (2000); *Friedrich Schiller* (2004), beide bei Beck in München.

7 Norbert Oellers, *Schiller. Elend der Geschichte, Glanz der Kunst.* Stuttgart: Reclam 2005.

zu nutzen. Und das um so mehr, als Oellers mit großer Sachkunde nicht nur auf deren Entstehungs- und Wirkungsgeschichte eingeht, sondern die jeweils zentralen Aspekte und Probleme hervorhebt und auch Interpretationsvorschläge unterbreitet, wobei er vor deutlichen Wertungen nicht zurückschreckt.

Betrachtet man zusammenfassend die hier vorgestellten Schiller-Biographien, so lassen sich einige Schlußfolgerungen ziehen: Ein Trend gegenwärtiger Schillerdarstellungen ist sicherlich darin zu sehen, daß auf ausführliche Auseinandersetzungen mit der Forschung in aller Regel verzichtet wird. Das ist bedauerlich, weil neue Einsichten oder Einschätzungen nicht mehr als solche kenntlich werden. Sogar Alt, dessen Kompendium immerhin über 1400 Seiten umfaßt, schließt eine Forschungsdiskussion »aus Platzgründen« aus. Zwar werden in den Literaturverzeichnissen eifrig Titel aufgelistet – Aufenanger verzichtet sogar darauf – doch herrscht darin anscheinend gelegentlich der Zufall oder gar Ignoranz. So nennt beispielsweise Sigrid Damm nicht einmal die weit verbreiteten großen Monographien der vergangenen Jahrzehnte von Benno von Wiese und Emil Staiger und bahnbrechende Forschungsergebnisse der letzten Jahre wie Hans-Jürgen Schings' *Die Brüder des Marquis Posa*.

Umwertungen von Schillers Werk sind in der gegenwärtigen Literatur dennoch deutlich zu erkennen: Seine Dramen nehmen zwar immer noch den ersten Rang des Interesses ein, doch seinen philosophischen, historiographischen und poetologischen Aufsätzen wird heutzutage entschieden mehr Aufmerksamkeit zuteil als in früheren Schiller-Monographien. Seinen wissenschaftlichen Interessen an Problemen der Medizin, der Juristerei, der Geschichtswissenschaft gehen die heutigen Biographen mit größerem Nachdruck nach. Dagegen stößt der Lyriker Schiller nur noch auf wenig Gegenliebe; insbesondere seine Balladen, die doch einst seine Popularität begründeten, werden recht stiefmütterlich behandelt.

Alles in allem jedoch erweisen sich die hier betrachteten Schiller-Biographen mit unterschiedlichem Temperament und mit unterschiedlicher Intensität als Apologeten; sie verteidigen Schiller nicht nur gegen die ideologischen Instrumentalisierungen früherer Zeiten, sondern auch gegen ihre eigenen früheren Vorurteile gegenüber seinem Pathos, seinen »ach so hehren Figuren«, seiner aufdringlich biederen Moral, seiner weltfremden gedanklichen Verkrampftheit. Wenn sie alle Schiller nun doch noch etwas Positives und vielleicht gar Vorbildliches abgewinnen können – und sei es nur sein Arbeitsethos, seine Kraft, mit den Krankheiten zu leben, die ihn nicht losließen, die nicht nur behauptete, sondern gelebte Unbedingtheit seiner Existenz –, dann sind solche Bewertungen zugleich als Revisionen zu qualifizieren, hinter denen mehr steckt als nur eine vordergründige Trendwende. In ihnen kommt vielmehr das Bedürfnis zum Ausdruck, auf gegenwärtige gesellschaftliche Depravationen nicht mit Verbitterung oder Zynismus zu reagieren, sondern mit dem Mut zum Glauben an die Fähigkeit des Menschen, sich und seine Welt zu vervollkommnen; diesen Glauben erhält eine Poesie am Leben, die sich wie diejenige Schillers dem Idealismus verpflichtet weiß.

Von der Schwierigkeit, Ich zu sagen

Über Dokumentarfilme

Von Rainer Rother

Manche stilistischen Veränderungen oder Erneuerungen des Films scheinen sich fast exakt datieren zu lassen. Als Jon Ronson von *Sight and Sound* gebeten wurde, Michael Moores *Bowling for Columbine* zu rezensieren, tat er das nicht, ohne den Zusammenhang zu einer dokumentarischen Bewegung herzustellen, die er selbstironisch »Les nouvelles égotistes« taufte. Ihr rechnete er die Filme von Moore, Nick Bromfield und Louis Theroux zu – sowie seine eigenen: »The movement began in 1985 with Ross McElwee's *Sherman's March: A Meditation on the Possibility of Romantic Love in the South during an Era of Nuclear Weapons Proliferation.*«

Wenn heute über den Dokumentarfilm gesprochen wird, dann im Wissen um eine rasante ästhetische Veränderung, die sich in den letzten zwanzig Jahren zugetragen hat. Sie kreierte Mischformen in bunter Vielfalt, allesamt Verstöße gegen das dokumentarische Reinheitsgebot. Doku-Dramen, Doku-Soaps und Reality-TV reüssieren als Serienformate im Fernsehen und haben dort andere, konventionellere Formen verdrängt. Auch Filme, die weiterhin zunächst auf die Kinoerstauswertung setzen, bestätigen den Trend zum Gattungsmix. Formal fallen die essayistische Anlage (*The Fog of War* von Errol Morris), die »Rekonstruktion« mittels nachgespielter Szenen (*Touching the Void* von Kevin MacDonald) oder das Ausstellen der filmischen Arbeit selbst auf (*Comandante* von Oliver Stone). Derartiges wäre vor ein, zwei Jahrzehnten kaum als typisches, vielleicht nicht einmal als akzeptables Beispiel der dokumentarischen Form eingestuft worden.

Mit der formalen Neuerung – und teilweise auch durch sie begründet – hat der Dokumentarfilm zudem Konjunktur gewonnen, und zwar dort, wo er seit langem schon keine Zukunft mehr zu haben schien, nämlich im Kino. Dokumentarische Filme gelten in letzter Zeit nicht mehr automatisch als Pflichtübung für hartgesottene politisch, sozial oder ethnographisch interessierte Minderheiten. Der *Variety International Film Guide*, die vom führenden Branchenblatt produzierte Übersicht über die weltweite Filmproduktion, spricht in der neuesten Ausgabe von einem Jahr des bemerkenswerten kritischen und ökonomischen Erfolgs für Non-Fiction-Filme.

Die unterschiedlichen Beispiele der Momentaufnahme in den USA führt selbstverständlich *Fahrenheit 9/11* an, mit seinem Einspielergebnis von 220 Millionen Dollar zu Recht als Äquivalent zu *Titanic* bezeichnet. Er ist der Erfolgsfilm der Gattung schlechthin. Doch sind in kommerzieller Hinsicht andere Titel ebenfalls durchaus erfolgreich, die Beispiele des *Variety*-Jahrbuchs sind *The Fog of War* (Errol Morris), *Supersize me* (Morgan Spurlock), *Control Room* (Jehane Nouhjaim) und *The Corporation* (Mark Achbar, Jennifer Abbott).

Im Versuch, das Phänomen zu erklären, wird oft die Entwicklung hin zu einem privateren, subjektiveren Dokumentarfilm angeführt. Dessen Beginn markiert nach einhelliger Überzeugung *Sherman's March* von Ross McElwee. Für die These vom Film, der die Gattung veränderte, spricht einiges. Als der Film 1987 während der Berlinale im »Internationalen Forum des jungen Films« lief, gab es nach der Vorführung die dort traditionelle Diskussion mit dem Regisseur, in der eine Zuschauerin den Regisseur fragte: »Und, sind Sie mittlerweile verheiratet?« Das amüsierte das Publikum ebenso wie zuvor der Film. Denn dem Ondit zufolge benutzte McElwee das Geld, das er für eine historische Dokumentation über General Sherman bekommen hatte, um statt dessen einen Film darüber zu machen, warum er keine dauerhafte Beziehung mit einer Frau aufrechterhalten konnte.

McElwees Film läßt sich als die spielerische Erkundung der Mittel der Gattung beschreiben, angewendet auf eine zunächst private, dann aber auch historische Spurensuche. Wohin der Filmemacher, allein und bewaffnet mit Sechzehnmillimeter-Kamera und Tonbandgerät, auch kommt, es treibt ihn auf Shermans Spuren in immer neue Versuche, sich dauerhaft eine Freundin zuzulegen – und damit auch zu Porträts sehr unterschiedlicher Frauen. Mittlerweile sind treue Anhänger seines Œuvres über den Fortschritt in seinen Beziehungen orientiert, haben in späteren Filmen Freunde, Verwandte und Gattin ebenso wie sein Kind kennengelernt, im letzteren Fall angefangen von den ersten Ultraschallaufnahmen im Mutterleib.

Was *Sherman's March* für die Gattung aufregend Neues brachte, waren jedoch nicht allein diese ironisch an Home Movies erinnernden Details. Er brachte dem Dokumentarfilm viel allgemeinere Errungenschaften: einerseits Humor, andererseits Subjektivität. Beides erwies sich in einer Gattung, die Seriosität bis dahin allein an Authentizität verbunden mit Bedeutsamkeit geknüpft hatte, als ungemein folgenreich. Man könnte sagen, der Dokumentarfilm habe seither verschiedene Wege gefunden, »Ich« zu sagen. Das trennt diese neuen Filme von einer Tradition, in der die Regisseure zwar als Autoren gelten mochten, ihre Subjektivität jedoch gerade nicht gefragt war.

Denn wenn es eine Formel gibt, unter der sich das Verständnis eines klassischen Dokumentarfilms zusammenfassen ließe, dann die des Verweises auf die Realität, wie sie unabhängig von der Apparatur existiert. In der Definition des *Complete Film Dictionary* von Ira Konigsberg: »A film that deals directly with fact and not fiction, that tries to convey reality as it is instead of some fictional version of reality. These films are concerned with actual people, places, events, or activities.« Konsequent bestimmt sich der »Autor« des Dokumentarfilms als jemand, der mit seinen persönlichen Eigenarten nicht in Erscheinung tritt, hinter dem Darzustellenden völlig zurücktritt.

Die Problematik jeder Definition des Dokumentarischen, insofern sie in einer nur für diese Form geltenden privilegierten Beziehung zur Realität bestehen soll, ist offenkundig. Nicht nur, weil schon die ersten Meisterwerke durchaus nicht nur aufzeichneten, was unabhängig von der Kamera passierte (*The Battle of the Somme,* 1916; *Nanook of the North*, 1921). Sondern vor allem, weil die Definition unterstellt, die filmische Situation sei im Falle des Dokumentarfilms prinzipiell anders als im Spielfilm.

Die Grundsituation, die Relation der Apparatur zu der Gegebenheit vor ihr, ist aber in beiden Fällen gleich. Kamera, Ton, möglicherweise Beleuchtung richten sich auf ein bestimmtes Feld der Aufmerksamkeit, das »Vorfilmische«, das im Moment der Aufnahme und unter den definierten Bedingungen dieser Apparatur zur gefilmten Situation wird. Die Beziehung zum »Vorfilmischen« gilt nun traditionell als das unterscheidende Charakteristikum des Dokumentarischen – insofern es etwas ist, das auch »ohne die Kamera« statt nur »für sie« existiert, in diesem Sinne von der Apparatur nur treu reproduziert statt in Hinsicht auf sie produziert wurde. Das Vorfilmische ist dabei unverkennbar auch im Fall des dokumentarischen Films in vieler Hinsicht von der Apparatur definiert – durch die Wahl von Filmmaterial und Brennweite, die Position der Kamera, die erreichbare Tiefenschärfe, den Einsatz der Tonaufzeichnung und so weiter.

Nicht zuletzt aber definiert offenkundig schon die Anwesenheit der Apparatur die Situation, wenn dies auch in den

meisten klassischen Dokumentarfilmen verborgen blieb. Gleichzeitig ist im Spielfilm das, was aufgezeichnet wird, immer nur reproduziert (wenn wir vom Sonderfall des Trickfilms und der Computeranimation absehen, wo in unterschiedlicher Intensität davon gesprochen werden kann, daß es keine Abbildung gibt und damit keine unvermeidliche Reproduktion, sondern die genuine Produktion eines Bildes). Das Filmische ist das Bild eines Geschehens, das die Apparatur in seinen Bedingungen weitgehend bestimmen, nicht aber selbst hervorbringen kann.

Wenn den Non-Fiction-Film vom Spielfilm nicht die Aufnahmesituation, die reproduzierende Grundsituation des Filmischen unterscheidet, dann bedeutet das nicht, daß es zwischen beiden überhaupt keinen Unterschied gibt. Das Verständnis des Vorfilmischen und auch seine Charakteristik – nicht aber seine Reproduktion – bleiben zwischen Fiction und Non-Fiction unterscheidbar. Auch wenn der durch Selbstreflexion und Postmoderne gegangene Zuschauer schon lange nicht mehr daran glaubt, daß er in einem Dokumentarfilm der Realität »wie sie ist« (ein sozusagen Kracauersches Relikt vom realistischen Grund der abbildenden Kunst) ansichtig wird – daß er in ihm eine bestimmte Perspektive auf sogenannte reale Verhältnisse, geformt mit allen Möglichkeiten des Mediums, vor sich hat, blieb die Grundlage der Faszination des Dokumentarischen.

Diese Perspektive aber und vielleicht entscheidender noch die Art, wie die unvermeidliche Perspektivität sich geltend macht, hat sich in der Geschichte des Mediums umfassend gewandelt. Was den formalen Wandel der letzten Jahrzehnte tatsächlich zur Revolution macht, ist der radikal veränderte Zugriff auf das Vorfilmische. Traditionell ausschließlich als das Feld der Beobachtung (oder, wie im Cinéma vérité, allenfalls als Teilhabe am Geschehen) definiert, gilt es zum ersten Mal in der Geschichte der dokumentarischen Formen als Feld der Bearbeitung. Dokumentarfilm wird, was er immer auch schon war, nun mit einem spezifischen Selbstbewußtsein: Inszenierung dessen, was vor der Kamera geschieht.

Was den Zugriff auf das Vorfilmische betrifft, sind die Einrichtungen des Reality-TV offenkundig mehrere Schritte von der simplen Nachinszenierung Robert Flahertys für *Nanook of the North* oder seiner Einübung vergessener Handwerkstechniken für *Men of Aran* entfernt. Flahertys Filme gingen immer davon aus, daß Bilder der Realität nicht einfach so zu haben waren – und er versuchte, solche Bilder zu finden oder zu erfinden, die einem bestimmten Konzept von dem, was das Leben der Inuit oder auf Aran ausmachte, entsprachen. Von einem vergleichbaren Verständnis des Vorfilmischen und seiner Beziehung auf Realität kann beim Reality-TV sicher nicht die Rede sein.

Klassische Dokumentarfilme verdrängten und verschleierten gegenüber dem Publikum ihre unvermeidlichen Inszenierungen des Vorfilmischen. Die neuen Fernsehformen dagegen bewerben die unzweideutige Inszenierung als typischen Programmbestandteil des Senders und stellen sie gegenüber dem Publikum entsprechend aus. Von beiden Formen unterscheidet sich der neue Dokumentarfilm: Er muß nicht zwanghaft den Anteil der Inszenierung verleugnen, verzichtet zugleich aber auch darauf, seine Bilder bloß noch in selbst arrangierten Versuchsanordnungen zu finden.

Ein gutes Beispiel für die formale Spannweite geben die Oscar-Gewinner von 2002 und 2003 ab, *Bowling for Columbine* von Michael Moore und *The Fog of War* von Errol Morris. Zugegeben: Beide Filme sind höchst unterschiedlichen Stilidealen verpflichtet, und wenn beide der gleichen Bewegung oder Form zugerechnet werden können, dann nur als deren Pole. Was das Ich des Dokumentaristen angeht, scheinen sich hier der praktizierende Exhibitionist und der zurückhaltende Fragesteller gegenüberzustehen. Wo Moore den Verdacht aufwirft, sich manisch vor die Kamera zu drängen, verbirgt sich Morris in seinem Film so weit, daß selbst seine Fragen an den ehemaligen Verteidigungsminister Robert McNamara nur gelegentlich zu hören sind.

Nun gehört aber das Interview schon im klassischen Dokumentarfilm zum Bereich der Inszenierung, und Morris hat eine Methode perfektioniert, die seinen Eingriff in das Vorfilmische in keiner Weise kaschiert, es im Gegenteil betont. Bei aller Zurückhaltung gegenüber einer »On-screen-Existenz« macht seine Interviewsituation die Präsenz des Fragestellers klar. McNamara blickt mitunter in die Richtung, in der Morris physisch anwesend ist – meist aber blickt er direkt oder fast direkt in die Kamera. Der Effekt verdankt sich Morris' Erfindung des »Interrotrons«, eines modifizierten Teleprompters, mit dem das Bild des Interviewers unmittelbar über der Kameralinse erscheint. Auf diese Weise entsteht ein Blickkontakt des Interviewten zunächst mit dem Interviewer, vor allem aber mit dem Zuschauer. Morris feiert dies als die Geburt des wahren Kinos in der ersten Person Singular.

Moore und Morris repräsentieren Extreme. Während der eine immer wieder im Bild erscheint, auf der »Szene«, um dort die gewünschten Reaktionen zu provozieren, will der andere, der nie im Bild zu sehen ist, die Kamera zur subjektiven Instanz machen. Daß McNamara, immerhin die Hauptfigur des Films, damit ganz Bestandteil der Inszenierung des Regisseurs wird, ist offenkundig. Das Ich des Dokumentarfilms wird in *The Fog of War* ganz körperlos – es ähnelt dem unsichtbaren auktorialen Erzähler des klassischen Dokumentarfilms, hat aber dessen vermeintliche Objektivität völlig abgestreift.

Ganz anders ist der Effekt in vielen Szenen der Filme von Moore. Seine Maskierung als sympathischer Durchschnittsamerikaner spiegelt den Menschen, die er aufsucht und interviewt, eine Harmlosigkeit vor, die der Fortgang sofort dementiert. Bei Moore muß man unweigerlich an den Kommentar denken, den Eric Barnouw in seiner Studie *Documentary* für bestimmte Vertreter einer On-screen-Präsenz auch schon im Stummfilm bereit hatte. Zu *Grass* (1925), einem bahnbrechenden Film von Ernest Schoedsack und Merian Cooper, der der Wanderung eines Nomadenvolkes über die türkischen und persischen Berge bis hin zu den Weidegründen des Hochlands folgte, bemerkt er: »The final emphasis was not on what they had endured but – in a dash display of egotism – on the heroic accomplishment of the film makers«. Égotisme, das war seit je der schärfste Vorwurf gegen den Autor des Dokumentarismus.

Doch wäre es ungenau, den Vorwurf unbesehen auf Moore zu übertragen. Denn anders als Schoedsack und Cooper unterläuft ihm die Leinwandpräsenz nicht aus dem Kalkül heraus, damit die eigene Anwesenheit zu beglaubigen. Bei Moore entspringt der On-screen-Auftritt ästhetischer Berechnung: eine Figur tritt auf. Insofern ist Moores Antwort auf Fälschungsvorwürfe nicht ganz unzutreffend, wenn er darauf hinweist, er stelle ja eigentlich keine Dokumentarfilme her, sondern er sei Satiriker. Moore spielt eine Rolle, und er spielt sie gut. Es ist die Rolle des ein bißchen naiven, dabei aber fraglos gutgläubigen und wohlmeinenden Amerikaners, einer, der schon qua Outfit ersichtlich nicht zu denen da oben gehört und eher mit Fastfood und Sixpack zu assoziieren wäre als mit elitärer Verfeinerung und solider Macht.

Der Ursprung dieser Figur liegt im Fernsehen. Es ist eine TV-Idee, die hier noch einmal auf größerem Format und mit konsequenterer Motivation durchgespielt wird. Statt mit versteckter Kamera die Reaktionen Unbeteiligter auf die Zumutungen einer Kunstfigur zu registrieren und anschließend auszustellen, arbeitet die Figur Michael Moore mit der Präsenz des Apparates, um Reaktionen auf Zumutungen erbeuten zu können. Sein Verfahren, Leute unter Kamerabeobachtung anzusprechen und ihnen Statements abzuverlangen, ist weniger investigativ als provokativ. Wie in den politischen Magazinen, die auf der Spur eines Skandals die Klingelschilder zeigen, an denen die Reporter vergeblich klingeln, in denen die abwehrenden Gesten von Beschuldigten (»Kein Kommentar«) zu sprechenden Zeichen werden, setzt Moores Inszenierung auf die *Abwesenheit* eines authentischen Bildes. Sein Beweis beruht nicht auf dem sprechenden Bild, sondern auf dessen Ausbleiben.

Wenn der klassische Dokumentarfilm ein »Fenster zur Welt« sein wollte und gerade deswegen die Zuschauersituation des klassischen narrativen Codes nicht herausforderte, sondern nur variierte (die Leinwand als Fenster läßt den Zuschauer als ungesehenen Beobachter in idealer Position ein *Geschehen* verfolgen und nicht etwa eine Inszenierung), dann ist das Fernsehen Teil der eigenen Welt. Der Blick in die Kamera, in Dokumentarfilm wie Fiktion als illusionsbrechend verpönt, gehörte von Beginn an zu den wesentlichen Kennzeichen einiger Formate des neuen Mediums. Nicht nur Nachrichten, auch die dokumentarischen Formen des Fernsehens setzten auf den Moderator/Reporter, der direkt in die Kamera sprechend die Couchpotatoes daheim anvisierte. Das ist der Beglaubigungsgestus von Television, neben der Live-Übertragung sein stärkster. Das Fernsehen läßt uns nicht in eine fremde Welt blicken, es bringt uns die Welt ins Haus.

Hier liegt offenbar ein Ursprung von Morris' Interviewmethode. Nur ist es hier nicht die Autorität Moderator oder Reporter, der in die Kamera blickt, sondern der Interviewte. Das verändert den Sinn der Bilder. Denn der Reporter verbürgt den Bericht, der Moderator die Nachricht. Das Interview im Fernsehen läßt dagegen üblicherweise den Blick in die Kamera nicht zu – hier äußert jemand *seine* Ansicht. Was er sagt, das ist nicht die Sicht des Mediums. Am stärksten ähnelt McNamara daher einem Kommentarsprecher, doch wird er zum Kommentator seiner eigenen Geschichte. So stiftet Morris einen unmittelbaren Bezug zwischen Zuschauer und McNamara, ohne diesen zur Autorität zu machen. Er unterstellt ihn vielmehr der Beurteilung und nimmt sie, in den Montagen zwischen den Interviewpartien, zugleich selbst vor. Diese Form ist nie naiv, sie weiß um ihre Problematik.

Anders liegt der Fall bei Michael Moore. Seine Übernahme von TV-Formen ist sich sozusagen ganz sicher, am Problem der dokumentarischen Bilder keinen Anteil zu haben. Das unterscheidet ihn von fast allen bemerkenswerten dokumentarischen Filmen der letzten Jahrzehnte: Nie befragt Moore den Status der Bilder oder seinen Status als »Investigator«. Im Vergleich zu einem größeren Ironiker und Polemiker des Dokumentarfilms erkennt man die Einschränkung, die darin liegt: Auch Marcel Ophüls hatte gelegentlich mit dem Problem zu kämpfen, daß sich ihm Personen, die er gerne intensiv befragt hätte, verweigerten. Unter anderem ehemalige Nachbarn des Klaus Barbie, die auf Klingeln nicht öffneten und überhaupt »wenig kooperationswillig« waren. Aus dem Dilemma fand Ophüls in *Hotel Terminus* einen Ausweg, der scheinbar genau wie derjenige Moores funktioniert: Er hört nicht auf, einen Adressaten zu suchen, sich den Weg zu ihm zu bahnen, geht mit der Kamera an ungewohnte Orte, immer willens, einen Kontakt zu provozieren. Allerdings stürmt er nicht in die Lobby einer Firmenzentrale oder dergleichen – er geht in den Garten und ruft seine Frage in die verglasten Frühbeete hinein.

Das ist das Ende des investigativen Gestus, der Rolle der Dokumentarfilmers als Rächer, es setzt Ophüls als Filmemacher, der eigene Grenzen anerkennt und thematisiert, ins Bild. Das ist die witzigere Reaktion auf das Dilemma des authentischen Bildes, ein geistvolles Spiel mit den Grenzen der Dokumentation, augenzwinkerndes Nachkarten gegenüber den realen Verhältnissen.

Während Moore auf Attacke und Überraschung setzt, verläßt sich Morris in seinen Interviewteilen auf Komplizenschaft. McNamara spielt mit, wenn Morris mit ihm spielt. Daher wirkt der sprunghafte Schnitt der Interviews nicht fremd, wirken die evidenten Auslassungen nicht schlicht manipulativ. Die *jump cuts* fügen sich vielmehr der sozusagen sichtbaren Inszenierung als gewollter Rhythmus ein. Und die suggestive Umsetzung der Montagesequenzen, in denen sich neben der Musik von Philip Glass auch die Tricktechnik als solche ausstellt, fällt nicht aus dem Rahmen. Obwohl diese Montagen darauf angelegt sind, McNamaras Aussagen zu konterkarieren, wirken sie nicht besserwisserisch: Sie wirken als Aussage von Morris.

Ganz in diesem Sinne beschreibt er seine Arbeit: »Zur Charakteristik des Dokumentarfilms gehört, daß der Regisseur damit eine Art von persönlichem Geständnis ablegt. Er offenbart dem Publikum Teile seines Innersten. Damit unterscheidet er sich grundsätzlich vom Durchschnittsfilm aus Hollywood. Dies scheinen die Leute zu mögen. Während Hollywood sich immer mehr zu einer Version von General Motors entwickelt, wo Hunderte die Schaffung eines Films beeinflussen, ist der Dokumentarfilmer seines eigenen Glückes Schmied. Die Filme, die ich kreiere, sind ausschließlich meine Werke, und sie entstehen ohne Druck oder Interessen von Dritten.« (*NZZ*, 10. September 2004)

Auf die Frage, ob er sich als unabhängigen Filmemacher betrachte, antwortet Morris folglich knapp mit »absolut«. Er definiert sich, in Abgrenzung zur Industrie, unmißverständlich als *auteur*. Das Dokumentarische, das war in der filmtheoretischen Diskussion lange das Refugium des vermeintlich Objektiven. Das ist Geschichte, und in großen Teilen war es ohnehin nur ein Fake. Die Essenz des Vorfilmischen galt dem Dokumentarfilm in ideologischer Hinsicht als unantastbar: »Wir filmen, was ist.« In praktischer Hinsicht galt dagegen: »Wir filmen, was wir brauchen – und wir filmen so, wie wir es brauchen.« Ein erfolgreiches System, in dem, was Resultat von Selektion, Reproduktion, Montage, Postproduktion war, als Bild der Welt erschien, nicht als Welt der Bilder. Jene Welt hat *Sherman's March* tatsächlich verändert, ihr einen »persönlichen, fast privaten Charakter« gegeben. Man könnte auch sagen, seither habe sich das Dokumentarische als Form emanzipiert.

Wer könnte heute, wie Leni Riefenstahl, vom eigenen Werk noch behaupten, es sei doch bloß: Dokument? Wenn uns der neue Dokumentarfilm in seiner erstaunlichen Variationsfähigkeit und gelegentlich enervierenden Selbstgefälligkeit, seiner oft auch erschreckenden ästhetischen Skrupellosigkeit den Glauben an die Authentizität der Bilder nicht mehr zu geben vermag – gut so. Im besseren Fall vermittelt er uns dafür die (prekäre, strittige) Gewißheit, Bilder »von etwas«, Blicke »auf etwas« zu sehen. Der neue Dokumentarfilm ist selbstbewußt und damit problematisch, er ist bestenfalls vor allem eines: ein subjektiver Film über reale Verhältnisse.

Schillers Schaubühne – eine moralische Anstalt?

Von Friedrich Dieckmann

Wußte Schiller, was er anrichtete, als er im Jahre 1802 für den vierten Band seiner gesammelten Essays (sie erschienen seit 1792 im Verlag von Siegfried Lebrecht Crusius) den Text einer Rede hervorholte, die er achtzehn Jahre zuvor in Mannheim gehalten hatte, und ihr bei der Gelegenheit eine neue Überschrift gab: *Die Schaubühne, als eine moralische Anstalt betrachtet*? Das war bereits der dritte Titel; der erste, vom Juni 1784, hatte *Vom Wirken der Schaubühne auf das Volk* gelautet. Als der Autor den Text im folgenden Jahr in der von ihm gegründeten Zeitschrift *Thalia* veröffentlichte, hatte er den nicht sonderlich zuständigen Begriff des Volkes weggelassen (das Volk konnte sich Theaterkarten gar nicht leisten) und einen Frage-Titel darübergesetzt: *Was kann eine gute stehende Schaubühne eigentlich wirken?*

Das war präzis, denn es war dem Redner in Mannheims Deutscher Gesellschaft (diese kurfürstlich autorisierte Gelehrtenakademie hatte ihn zum Mitglied gewählt) nicht um Theater schlechthin, sondern um die Beförderung stehender Bühnen gegangen: ortsfester Ensembles, die auf Qualität hielten und staatliche Unterstützung erhielten. Solche Bühnen gab es damals in Deutschland nur ganz wenige; zu ihnen gehörte das Theater, an dem Schiller zu dieser Zeit noch als festangestellter Dramatiker wirkte, die Mannheimer National-Bühne. Sein Vortrag, eine feurig-genaue Werberede, sollte Deutschlands Fürsten ermutigen, es dem Gründer dieser Bühne, dem pfälzisch-bayerischen Kurfürsten, gleichzutun.

Das Wort moralisch kam in diesem Text nicht vor. Als der Autor ihn achtzehn Jahre später wiederlas (inzwischen hatte er gründlicher und umfassender über die Dinge der Kunst nachgedacht), muß es ihm sinnvoll geschienen sein, den besonderen Aspekt, unter dem er damals das Theater gesehen und beschrieben hatte, durch das Epitheton »moralisch« zu kennzeichnen – die Folgen waren niederschmetternd. Bei den meisten war fortan ausgemacht, daß Schiller im Theater eine »moralische Anstalt« gesehen habe, also ein Unternehmen zur Hebung der allgemeinen Sittlichkeit.

Schon »moralisch« hört man nicht gern, und nun noch Anstalt – das war zuviel; es klang, als habe Schiller im Theater eine Art verlängerter Schule gesehen. Auch das Wort Anstalt findet sich in dem Text des Mannheimer Vortrags nicht; worum es diesem geht, ist die gesellschaftliche Bedeutung eines Theaters, das finanziell in die Lage versetzt wird, seine Arbeit künstlerisch ernst zu nehmen.

Ein solches Theater, meint der Autor, könne dazu beitragen, »richtigere Begriffe, geläuterte Grundsätze, reinere Gefühle« durch das gesellschaftliche Ganze zu verbreiten, und es habe eine solche Wirksamkeit bereits bewährt. Schon vor Lessings *Nathan* habe das deutsche Theater das Seine dazu getan, um dem Religionsfanatismus entgegenzutreten und den Geist einer allgemeinen Duldung zu verbreiten: »Ehe noch Joseph der Zweite die fürchterliche Hyder des frommen Hasses bekämpfte, pflanzte die Schaubühne Menschlichkeit und Sanftmut in unser Herz, die abscheulichen Gemälde heidnischer Pfaffenwut lehrten uns Religionshaß vermeiden – in diesem schrecklichen Spiegel wusch das Christentum seine Flecken ab.«

Das Wichtigste, das das Theater – »durch Rührung und Schrecken« in der Tragödie, »durch Scherz und Satire« im Lustspiel – leisten könne, sei aber, den Menschen mit sich selbst bekanntzumachen; es sei »eine Schule der praktischen

Weisheit, ein Wegweiser durch das bürgerliche Leben, ein unfehlbarer Schlüssel zu den geheimsten Zugängen der menschlichen Seele«.

Der Vierundzwanzigjährige, der dies und anderes vorbringt, ist von hohem Sendungsbewußtsein für sein Metier durchdrungen; alles Moralisierende ist seiner Rede so fern wie den drei Theaterstücken, die er in Mannheim vorgelegt hat, eins exzentrischer als das andere. Kein Schulmeister spricht hier, sondern ein Enthusiast, der am Ende seiner Rede eine Vision des Theaters entwirft, die alle Grenzen sprengt und etwas vorwegnimmt, das anderthalb Jahre später die Gestalt eines hymnischen Rundgesangs bei ihm annimmt, des Lieds *An die Freude*. Sein Theater ist keine moralische Anstalt, es ist eher ein Zufluchtsort des verstoßenen Gottes Dionysos; es ist, als habe der späte Titel des Vortrags den universellen Anspruch eingrenzen wollen, dem hier ein junger Autor sein Wirken unterstellte.

Wie beschränkt die Verhältnisse auch an einer so begünstigten Bühne wie dieser Mannheimer waren, erfuhr der Redner wenige Wochen später. Der Intendant setzte seinen Dramaturgen vor die Tür; mit dem letzten Stück, das dieser ihm untergejubelt hatte, einem Gegenwartsstück namens *Kabale und Liebe*, hatte es Ärger nach allen Seiten gegeben. Der Intendant riet dem mittellosen Tragiker, zur Medizin zurückzukehren, aber auch dazu fehlten diesem die Mittel; wir können das für kein Unglück halten.

Als die Dissonanz noch fortschrittlich klang

Zur Historisierung der Neuen Musik

Von Hellmut Federhofer

Durch Jahrhunderte hindurch galt es als selbstverständliche Pflicht eines jeden Komponisten – meist zugleich auch Kapellmeister, Organist, Sänger oder Instrumentalist –, den seitens der Gesellschaft an seine Kompositionen gestellten Ansprüchen und Wünschen auf das beste gerecht zu werden. Dazu war die jeweilige Gegenwartskunst bestimmt. Ältere Musik, mochte sie einst auch noch so geschätzt worden sein, fiel der Vergessenheit anheim.

Ein derartiger Zustand änderte sich erst vor etwa zweihundert Jahren im Zuge der Aufklärung und der mit ihr verbundenen Lösung bisheriger sozialer Bindungen des Musikerstandes insgesamt. Zugleich entfaltete sich die Gedankenwelt der Romantik, die sich auf den Wert in Vergessenheit geratener Werke früherer Zeiten besann. Sie sollten wieder ins Bewußtsein zurückgerufen werden. Dieser Rückgriff wurde jedoch nicht als Ablehnung und Verweigerung der zeitgenössischen Werke, sondern vielmehr als Ergänzung und Bereicherung verstanden.

Selbst Beethoven identifizierte sich mit dieser Vorstellung, wie seine Händel-Verehrung und sein Interesse an den alten Kirchentonarten unter Beweis stellen. Mit ihm war zugleich jedoch ein Höhepunkt erreicht, an dem sich die nachfolgenden Komponisten messen lassen mußten. Es entstand ein Kanon klassischer Werke, die Maßstäbe setzten. Infolgedessen war neu entstandene Musik einem ständigen Vergleich mit ihnen ausgesetzt. Der Ruf nach Neuheit war die Folge, um sich gegenüber Altbewährtem, das sich nicht mehr verdrängen ließ, behaupten zu können. Die folgenreiche Forderung verband sich bald mit der Idee des Fortschritts, für den Naturwissenschaften und Technik als exemplarische Beispiele gelten konnten. Seitdem und bis in das dritte Viertel des vorigen Jahrhunderts diente die Fortschrittsidee als Motor und Maßstab für die Entwicklung jener Musik, die als sogenannte E-Musik sich als legitime Fortsetzung der Tradition verstand und sich von der Unterhaltung und Entspannung dienenden sogenannten U-Musik prinzipiell unterschied.

Auf Musik bezogen, war die Trennung zwischen Ernst und Unterhaltung neu. Nicht als ob es ehemals keine Unterscheidung zwischen Musik ernsten und heiteren Charakters gegeben hätte; die Tradition unterschied jedoch nur zwischen Kunst- und Volksmusik, die jene vielfach beeinflußte, wie umgekehrt Kunstmusik, namentlich im kirchlichen Bereich, auch in breiten Bevölkerungskreisen Akzeptanz und Zustimmung finden konnte. Die ursprüngliche Einheit von Volks- und Kunstmusik löste sich auf. Soweit Volksmusik nicht bewußt gepflegt wurde, vermischte sie sich mit der U-Musik. Für den Tagesbedarf bestimmt, verfiel letztere der Mißachtung jener Hörerkreise, die allein in der E-Musik ihre ästhetische Befriedigung suchten und fanden oder das zumindest vorgaben.

Innerhalb des E-Musik-Bereichs trennten sich aber ebenfalls die Wege. Die Diskrepanz betraf einerseits das Verhältnis zur Tradition, deren Einfluß beständig zunahm, andererseits jenes zwischen Neuheit und Originalität. Hinsichtlich der Forderung nach Originalität beziehungsweise Innovation bestand zwar Übereinstimmung, nicht jedoch hinsichtlich der Mittel, mit denen das Neuartige erzielt werden sollte und wurde. Bereits seit der Mitte des 19. Jahrhunderts schieden sich in letzterer Hinsicht die Geister. Es kristallisierten sich einander befehdende Parteien heraus, von denen die eine Wagner und Liszt, die andere Brahms auf ihren Schild hob. Das Publikum nahm an diesen Auseinandersetzungen regen Anteil.

Der Zwiespalt als solcher hatte seine sachlichen Gründe: Die auf Neuheit drängenden Kräfte rüttelten an den Grundfesten abendländischer Musik, die von zwei unschwer erkennbaren Komponenten geprägt war. Zum einen der Konsonanz-Dissonanz-Gegensatz, der bereits für die mittelalterliche Mehrstimmigkeit grundlegend ist, zum anderen die Dreiklangs-Konsonanz, die seit dem 15. Jahrhundert ein Regulativ der Mehrstimmigkeit bildete und im Verlauf des 17. Jahrhunderts die Entstehung der Funktionsharmonik und den Formenreichtum innerhalb der Dur-Moll-Tonalität ermöglichte. Sie liegt den Meisterwerken des 18. und 19. Jahrhunderts zugrunde, die bis auf den heutigen Tag das klassische Repertoire bilden.

Die Auflösung der Dissonanz konnte verzögert werden, und tonale Formen ließen sich erweitern oder verkürzen, sobald deren Preisgabe jedoch schrittweise erfolgte, wie es auch tatsächlich geschah, erwuchs ein Widerspruch zur Tradition, dessen volle Tragweite nur von wenigen erkannt wurde. Zu diesen zählte beispielsweise Johannes Brahms, dessen Biograph Richard Specht ein Gespräch überliefert, das die gegensätzlichen Positionen am Ende des 19. Jahrhunderts in aller Schärfe erkennen läßt: Brahms »war sehr pessimistisch in seiner Ansicht über die Zukunft der Musik, lehnte es aber ab, über Neuerer zu sprechen, die sich um Richard Strauss geschart hatten, und prophezeite den Untergang der Kunst ... Gustav Mahler war im letzten Sommer ... bei Brahms gewesen, sie hatten eine Unterhaltung ähnlicher Art geführt, während sie am Ufer der Traun spazierengingen, und Brahms hatte auch damals vom Ende der Musik gesprochen. Da faßte Mahler plötzlich seinen Arm und wies mit der anderen Hand lebhaft ins Wasser hinunter: ›Sehen Sie doch, Herr Doktor, sehen Sie doch!‹ – ›Was denn?‹ fragt Brahms. ›Sehen Sie doch –

dort fließt die letzte Welle!‹ Es war ein gutes Sinnbild für die ewige Bewegung im Leben und in der Kunst, in der es keinen Stillstand geben kann. Aber ich glaube mich zu erinnern, daß es Brahms war, der dem Erzählten hinzufügte: ›Das ist ja recht schön – aber vielleicht kommt es doch auch darauf an, ob sich die Welle ins Meer ergießt oder in den Sumpf.‹«

Brahms fand zwar weltweite Bewunderung, die unvermindert bis zur Gegenwart anhält, jedoch keine Nachfolger in seinem Sinn: die Fortschrittsideologie obsiegte. Brahms' musikalisches Denken wurde vielmehr umgedeutet, und zwar am konsequentesten von Arnold Schönberg, der sich in seiner *Harmonielehre* auf obige Äußerung bezog, dabei aber den letzten Satz nicht erwähnte. Schönberg wertete die zwei Voraussetzungen der abendländischen Musikkultur als historisch bedingte Phänomene und hob hingegen die subtile motivisch-thematische Arbeit von Brahms, die ihm neben Richard Wagners Leitmotivtechnik als Vorbild vorschwebte, als eine für den Fortschritt entscheidende neue Idee hervor, so daß er problemlos Brahms als sein Vorbild und gleichzeitig auch für die Fortschrittspartei reklamieren konnte, wie sein Aufsatz *Brahms, the Progressive*[1] unter Beweis stellt.

An Fortschritt dachte Brahms nicht. Sein Musikdenken verblieb im Rahmen der Tonalität, wirkte sich in seinem Schaffen aber dennoch innovativ aus, insofern Brahms eben mit ihrer Hilfe künstlerisch Neues, das akzeptiert wurde, erschaffen konnte. Schönberg hingegen erwog bereits in seiner *Harmonielehre*, mit der er das Wesen harmoniegebundener Tonalität erklären wollte, eine andere Möglichkeit: »wenn unsere Tonalität sich auflöst, dann birgt sie schon in sich den Keim zur nächsten Kunsterscheinung. Nichts ist definitiv in der Kultur; alles ist nur Vorbereitung zu einer höheren Stufe der Entwicklung, zu einer vorläufig nur ahnungsweise vorstellbaren Zukunft. Die Entwicklung ist nicht vorüber, der Höhepunkt nicht überschritten.«

Schönberg hatte verständlicherweise dabei namentlich sein eigenes Œuvre im Sinn. Einem derartigen Optimismus läßt sich hundert Jahre später nur noch ein trauriges Lächeln abgewinnen, sieht inzwischen die Realität doch gänzlich anders aus. Brahms' Musik wird weiterhin in aller Welt aufgeführt, weil sie Gegenliebe findet, sie bedarf keiner wie immer gearteten Propaganda, Schönbergs Musik hingegen eines mit stattlichen Fördermitteln ausgestatteten Schönberg-Center (Wien), um nicht in Vergessenheit zu geraten.

Zu den wenigen noch am Leben Verbliebenen dieser Schicksalswende der abendländischen Musik, wie sie aus heutiger Sicht erscheint, zählt auch der Verfasser. In jugendlichem Überschwang bekannte er sich einst zu Atonalität sowie zu Schönbergs Dodekaphonie. Er wurde Schüler von Alban Berg,[2] kam aber wenig später auch mit dem Musikdenken des heutigentags vor allem in den Vereinigten Staaten hochangesehenen Musiktheoretikers Heinrich Schenker in Berührung. Unter dessen Einfluß wurde ihm rasch das Phänomen bewußt, daß in der von Schönberg erfundenen und seit den zwanziger Jahren angewandten Zwölftontechnik das Schöpferische nicht mehr an einen bestimmten Tonraum gebunden war, in welchem sich die Tonbeziehungen einer auch terminologisch greifbaren hierarchischen Ordnung (Tonika, Dominante, Haupttonart, Nebentonart) einfügten. An deren Stelle trat eine von Werk zu Werk selbst gewählte Zwölftonreihe, von deren abstrakten Anordnungen – unter Preisgabe des Konsonanz-Dissonanz-Gegensatzes – alle horizontalen und vertikalen Tonbeziehungen abhingen.

---

1 Auf deutsch: Arnold Schönberg, *Stil und Gedanke*. Frankfurt: Fischer 1976.

2 Vgl. Hellmut Federhofer, *Neue Musik als Widerspruch zur Tradition*. Bonn: Orpheus 2002.

Schönberg war sich wohlbewußt, daß er damit kein neues Tonsystem schuf, glaubte aber dennoch mit dieser Erfindung bei aller Neuheit einen Traditionsbruch vermieden zu haben: »Man folgt der Reihe, komponiert aber im übrigen wie vorher«, und sein Schüler Anton Webern verstieg sich in der Schrift *Der Weg zur Neuen Musik* sogar zu der Behauptung: »Die Komposition mit zwölf Tönen hat einen Grad der Vollendung des Zusammenhangs erreicht, wie er früher auch nicht annähernd vorhanden war. Es ist klar, wenn Beziehung und Zusammenhang überall gegeben ist, daß dann auch die Faßlichkeit garantiert ist.«

Derartige Hoffnungen auf Faßlichkeit, wie sie auch Schönberg hegte, erfüllten sich bekanntlich nicht. Der Bruch mit der Tradition war vorgezeichnet. Es erfolgte nämlich keinerlei Kehrtwende, sondern die serielle Idee erfaßte – neben der Tonhöhe – auch weitere Parameter des Tonsatzes, die bis dahin von ihr noch verschont geblieben waren. Infolgedessen ging auch die einst selbstverständliche Konvergenz von Komposition und Anschauungsvermögen als Voraussetzung von Faßlichkeit vollends verloren. Ernst Křenek begründete diesen Wandel in seinem Aufsatz *Komponist und Hörer* folgendermaßen: Der Komponist vertausche »die Rolle des Subjektes mit der des Operateurs einer von ihm selbst ersonnenen Mechanik«, er werde »sich dessen bewußt, daß ihm nur das einfallen kann, was er sich vorstellen kann, und er wünscht, diese Grenzen zu überschreiten«.

Eine derartige Formulierung ist verräterisch. Nicht mehr zu schreiben, was der Hörer wünscht beziehungsweise was ihm gefällt, wird nun als Aufgabe des Komponisten angesehen. Umgekehrt habe sich vielmehr der Hörer nach dessen Ideen und Absichten zu richten. Der Endpunkt der sich seit mehr als hundert Jahren erstreckenden Veränderung vom Selbstverständnis des Komponisten wird erkennbar. Dieser Wandel erfolgte im Zusammenhang mit seiner Entlassung in die künstlerische Freiheit. Sozialgeschichtlich bedingte Voraussetzungen, die am Ende des 18. Jahrhunderts ihren Anfang nahmen, bilden die Voraussetzung für die Sonderstellung, die einem als Genie verehrten künstlerisch begnadeten Musiker zuteil wurde. Diese Entwicklung fand mit Beethoven und Wagner ihren Höhepunkt: Von ihrer Sendung überzeugt, traten beide selbstbewußt mit ihren künstlerischen Forderungen vor ihr Auditorium. Aber erst eine begeisterte Zustimmung sicherte ihrem Werk jene Weltgeltung, die bis zur Gegenwart unverändert geblieben ist.

Künstlerischer Anspruch einerseits und Erfolg andererseits stehen in einem reziproken Verhältnis, das bis zu Beginn des 20. Jahrhunderts mehr oder minder intakt blieb, anschließend jedoch sein Gleichgewicht einbüßte. Je mehr sich der Anspruch des Komponisten steigerte, desto geringer wurde die Akzeptanz beim Hörer, der die neuen Ton-, Klang- und ästhetisch bewerteten Geräuschereignisse als unverständlich ablehnte. Dieser Bruch zwischen Komponist und Gesellschaft ist das eigentliche Skandalon der Musik des 20. Jahrhunderts. Alle wie immer gearteten Versuche der Postmoderne, behutsam wieder aufeinander zuzugehen, erzielten bisher keinerlei greifbare Resultate.

Der gegenwärtigen Situation dürfte die Feststellung von Anselm Gerhard entsprechen, daß »gewiß weit über 90 Prozent der aufgeführten Musik – soweit nicht dem ›Pop‹-Bereich zuzurechnen – historische ist«.[3] Die Ursache dafür ist kein Geheimnis. Analog zu einer Sprache, die – soll sie nicht in ein Lallen verfallen – verständlich gesprochen werden muß, setzt auch Musik eine Syntax als Tonsystem voraus. Ohne Sprache keine Rede. Das seit dem 17. Jahrhundert gel-

3 In: *Die Musikforschung*, 2004, S. 363.

tende Tonsystem wurde von den Komponisten Neuer Musik im Rausch des Fortschrittsglaubens preisgegeben, ohne daß an dessen Stelle etwas Neues getreten wäre. Dieses Manko quittiert der Hörer, der auch in der Musik nach Sinn und Ordnung strebt, mit Ablehnung beziehungsweise Verweigerung.

Von einer Entzweiung blieb jedoch selbst die Avantgarde nicht verschont. Diese betrifft nicht nur Differenzen, die sich unweigerlich zwischen manchen ihrer Anhänger ergaben, sondern auch ihr gesamtes Selbstverständnis. Dieser interne Zwiespalt wird bereits von Anbeginn in der kontroversen Würdigung von Schönbergs Neuerungen erkennbar. Fortschrittsgläubig verstand sich der Komponist als Glied einer ungebrochenen europäischen Traditionslinie und sein Schaffen als eine das menschliche Dasein erhöhende affirmative künstlerische Leistung. Berg und Webern identifizierten sich ebenfalls mit derartigen Überlegungen.

Jedoch entstand zugleich eine diesem Verständnis konträre Beurteilung. Und diese ist wiederum mit Theodor W. Adornos Namen verbunden. Schönberg dachte ausschließlich musikalisch – »das Gehör ist doch eines Musikers ganzer Verstand« –, Adorno dachte zugleich aber auch philosophisch, so daß sich bei ihm alle Musik zu einem als *fait social* überprüfbaren Phänomen verwandelte, in dem sich Wahrheit von Trug unterscheiden lasse. Das geschlossene Kunstwerk der Tradition spiegele Versöhnung nur vor, erst das zerrüttete Kunstwerk, für das Schönberg wiederum einstand, bürge für Wahrheit. Dessen Dodekaphonie, heißt es in Adornos *Philosophie der neuen Musik*, vertrete »die gesellschaftliche Wahrheit gegen die Gesellschaft«, und als verweigertes Glück sei sie »von der Dissonanz nicht zu trennen«.

Mit dem Übel der Welt ließ sich daher die Emanzipation der Dissonanz rechtfertigen. Zwar wies Schönberg eine derartige Sicht seines Schaffens empört zurück, Adorno jedoch fand im Kreis der Avantgarde Gehör und Zustimmung, ohne daß die dadurch aufgekommene Frage, ob Neue Musik affirmativ oder negativ zu verstehen sei, jemals schlüssig beantwortet worden wäre. Sie versandete vielmehr in einer Ausweitung des Musikbegriffes selbst, der letztlich alles in ästhetischer Absicht geschaffene Hörbare umschloß, denn der Ton habe »dem reinen Geräusch an ästhetischer Würde nichts mehr voraus«, wie Helmut Lachenmann in *Musik als existentielle Erfahrung* (1996) konstatierte.

Der durch die Neue Musik ausgelöste Traditionsbruch stellte den Musikhistoriker vor eine völlig neue Situation. Solange ein Komponist den gesellschaftlichen Bedürfnissen Rechnung trug, befand er sich insofern im Einklang mit den ästhetischen Erwartungen, als Urteilsdifferenzen nicht das Tonsystem, sondern allein die ihm konformen Werke in ihrer stilistischen Vielfalt betrafen. Mangels eines derartigen gesellschaftlichen Konsenses sah sich der Musikwissenschaftler nunmehr zu einer persönlichen Entscheidung gezwungen, wollte er sich nicht mit einer Darstellung der reinen Fakten – ohne jegliche ästhetische Wertung – begnügen oder sich als Handlanger irgendeiner Kunstrichtung vereinnahmen lassen. Bereits Guido Adler war dieses Problem nicht unbekannt, als er 1930 im *Handbuch der Musikgeschichte* die Frage stellte: »Ob in der Praxis die Bedingungen des Gehörs, wie sie seit sechs Jahrhunderten als Ergebnis der Läuterung sich eingestellt haben, beiseite geschoben, aufgehoben werden können? Ob durch diese Erweiterung der Mittel eine dauernde Bereicherung erzielt wird?«

Soweit die Forschung auf dieses Problem der »Erweiterung« einging, verhielt sie sich in der ersten Hälfte des 20. Jahrhunderts eher ablehnend oder zumindest reserviert, während in der Folgezeit die Überzeugung dominierte, daß Neuer Musik ein hoher ästhetischer Stellenwert als dem einzig wahren künstlerischen Ausdruck der Gegenwart zukommen müsse. In Ungewißheit, wie weit ein ästhetisches Subjekt veränderbar ist, empfahlen sich bei der Urteilsfindung Philosophie und Soziologie als Retter in der Not. Infolgedessen gewann Denken an Macht über das Hören. Indem Adorno den Begriff Schönheit durch Wahrheit ersetzte, schien die Möglichkeit gegeben zu sein, dem Vorwurf der Häßlichkeit, dem Neue Musik ausgesetzt ist, entgegenzutreten. Dem allgegenwärtigen gesellschaftlichen Verblendungszusammenhang konnte nur das zerrüttete Kunstwerk Genüge leisten. Negation von Sinn bürgte für Wahrheit.

Wer einen Überblick über das Fachschrifttum der letzten Jahrzehnte hat, dürfte über die aus ihm gewonnene Feststellung irritiert sein, daß Rechtfertigungsversuche zumeist erst gar nicht angestrebt werden, sondern blindlings dem Diktum von Carl Dahlhaus gefolgt wird, daß Neue Musik »als geistiges Phänomen unentbehrlich« sei, auch wenn von »ihrer sozialen Nützlichkeit oder Notwendigkeit ... im Ernst nicht die Rede sein kann«.[4] Mit einer derartigen Behauptung läßt sich der traditionelle Kunstanspruch zwar retten, jedoch nur um den Preis, daß der Anspruch der Unentbehrlichkeit lediglich für einen Zirkel der »Eingeweihten« besteht. An ihrer Kompetenz darf nicht gerüttelt, sie soll vielmehr kommentarlos vorausgesetzt werden.

Defizitär bleibt die Musikforschung, soweit sie sich der Musik des 20. Jahrhunderts widmete, aber auch in anderer Hinsicht. Unbekümmert gegenüber traditionellen Werturteilen und dem Vorwurf, Opfer der Kulturindustrie und künstlerisch wertlos zu sein, ist die Popmusik mit ihren Versatzstücken aus der Tradition in ihren vielfältigen Erscheinungsformen zur eigentlichen Musik des 20. Jahrhunderts geworden. Sie hat bisher zwar als soziologisches, aber kaum als musikalisches Problem Beachtung gefunden. Diesbezügliche Einwände aus künstlerischer Sicht sollten kein Hindernis darstellen, sich mit ihren verschiedenen Möglichkeiten der Gestaltung zu befassen. Im Zusammenhang mit den kommerziellen Interessen muß das klingende Produkt in den Blickpunkt des wissenschaftlichen Interesses gestellt werden, und dort hat Musikforschung an die Stelle der Erforschung wirtschaftlicher Faktoren zu treten. Jedoch findet erst in jüngster Zeit eine derartige Thematik in führenden musikwissenschaftlichen Fachzeitschriften Berücksichtigung.[5]

Es bleibt jedem Musikforscher anheimgestellt, mit welchen Musikkulturen, musikgeschichtlichen Zeiträumen und Problemen er sich fürderhin beschäftigen wird. Niemandem ist es zu verargen, wenn er sich ausschließlich mit der Kunst vergangener Epochen beschäftigt. Er kann diese Einstellung guten Gewissens verantworten, ist am Ende des 20. Jahrhunderts doch deutlich geworden, daß gerade diese Musik die beste Aussicht hat, sich zu behaupten. Denn eine ihr entsprechende *neue* Kunst gibt es nicht. Und an einen neuen Bach oder Mozart glaubt ohnehin niemand mehr. Der Triumphzug der Popularmusik wird dagegen weiterhin unbestritten bleiben. Demokratie fordert eben ihren Preis.

---

4 In: Diether de la Motte (Hrsg.), *Neue Musik – Quo vadis?* Mainz: Schott 1988.

5 Vgl. Peter Wicke, *Popmusik in der Analyse.* In: *Acta musicologica*, 2003, S. 107.

Nimmundlies (XIII)

Jürgen von der Wense: »Geschichte einer Jugend«

Von Jens Malte Fischer

Dieser Mann machte Eindruck, wohin er auch kam. Wer sich für solitäre Menschen eine gewisse Empfindlichkeit bewahrt hatte, wurde sofort aufmerksam. In seinen tausendseitigen Erinnerungen *Im Atem der Zeit* hat der Komponist Ernst Křenek ihm ein ganzes Kapitel gewidmet. Es beginnt: »In diesem Winter lernte ich bei den Erdmanns einen der ungewöhnlichsten Menschen kennen, denen ich je begegnet bin. Er hieß Hans Jürgen von der Wense und war ein großer, schlanker Mann mit einem kleinen Schnurrbart und wildem Blick. Dieser von der Wense, der ein paar Jahre älter gewesen sein muß als ich – er sah ziemlich alterslos aus –, war wegen seiner musikalischen Interessen mit Erdmann bekannt, aber man konnte ihn durchaus nicht als Musiker betrachten, denn seine Begabungen und Möglichkeiten waren auf viele Gebiete verteilt. Er hatte das Zeug zu einem Genie im wahrsten Sinne des Wortes, denn bei allem, was er tat, zeigte sich eine verblüffende schöpferische Phantasie.«

Es war der Winter 1921/22, und bei den Erdmanns handelte es sich um den Pianisten und Komponisten Eduard Erdmann und seine Frau Irene. Erdmann, selbst eine unvergeßlich-skurrile Gestalt, gehört zu den Wiederentdekkern der Schubertschen Klaviermusik, war einer der eigenartigsten Pianisten seiner Zeit (das läßt sich auf Aufnahmen nachprüfen), spielte die Meister des Barocks ebenso wie das Allerneueste und Allerwildeste der zeitgenössischen Produktion. Der einzige berühmte Pianist, der dies ausdauernd tat, war außerdem ein gargantuesker Leser, Bibliophiler und Bibliomane mit einer rund zehntausend Bände umfassenden Bibliothek, deren Kern die deutsche Literatur vom Barock bis zur Gegenwart in Erstausgaben und ersten Gesamtausgaben war.

Zu diesem Erdmann paßte Jürgen von der Wense, der Bücherverschlinger und ekstatische Klavierspieler, und Erdmann war der erste, der Klavierstücke Wenses öffentlich vortrug. Jürgen von der Wense hat, Křenek deutete es an, das Geniehafte oder auch Genialische seines Wesens nicht durch ein einigermaßen faßbares Werk dokumentiert. Als er 1966 starb, hinterließ er zwar rund dreißigtausend Seiten beschriebene Blätter, veröffentlicht aber waren bis zu diesem Zeitpunkt einige wenige Prosaseiten in der *Aktion* Franz Pfemferts 1917 und einige Aphorismen in der *Sammlung* nach dem Ende des Zweiten Weltkriegs sowie 1920 eine Komposition in der Musikzeitschrift *Melos*, die der Dirigent Hermann Scherchen herausgab, auch einer der von Wense Faszinierten.

Die vom Nachlaßverwalter Dieter Heim edierte *Geschichte einer Jugend* ist eine Auswahl aus den Briefen und Tagebüchern der Jahre zwischen 1907 und 1927. Genau besehen beginnt mit dem Jahr 1920, als Wense sich aus Berlin nach Warnemünde zurückzieht, sein Leben außerhalb der Zeit, das er bis zum Tod fortführt. Daß Wense 1894 in Ostpreußen geboren wurde, war beruflicher Zufall des Vaters, eines Offiziers; väterlicherseits stammte die Familie aus der hannoverschen Gegend, mütterlicherseits von der Ostsee. Der Vater starb früh, die Mutter kam aus einem Zustand nicht mehr richtig heraus, der damals als »Gemütsleiden« bezeichnet wurde, und frequentierte verschiedene Heilanstalten. Der Sohn wuchs bei unverheirateten Tanten auf, das Gymnasium besuchte er in Doberan an der Ostsee – er hatte das Gefühl, daß die wilhelminische Schule ihn zerbrechen wollte.

Wense rettet sich in seine offensichtlichen Begabungen: Er traktiert virtuos das Klavier, er saugt die Musik Bruckners und vor allem Gustav Mahlers auf, der kurz nach seinem Tod keineswegs mehr auf der musikalischen Tagesordnung steht. Mahler bleibt, mit kleinen Schwankungen, der Abgott seines musikalischen Lebens, Musik ist ihm die einzige Offenbarung, die ihm verheißt, daß es etwas außerhalb der niederdrückenden Realität gibt. Es ist bezeichnend für Wense, daß es neben der Musik und einer ausufernden Lektüre von Pascal, Swift, Kleist, Stifter, Ibsen, Hofmannsthal, Dehmel und vor allem Jean Paul (den hat er mit Mahler gemeinsam) die aktuelle Technik ist, die ihn interessiert – er begeistert sich für Flugzeuge und montiert bereits als junger Bursche auf dem ersten Berliner Flughafen in Johannisthal an den neuen Maschinen herum.

Der Ausbruch des Kriegs 1914 wirft ihn aus ersten Versuchen, sich einen Lebensweg zu bahnen: Er studiert Philosophie, dann Jura, wird Buchhändler, kommt wegen Herzproblemen als Schreiber in ein Depot nach Schwerin und bildet sich zum Anarchisten und Linkssozialisten heran, geht auch auf den Strich. Von der Sexualität und vom Geld verstand er nichts, wie er bekannte, aber der extrem Muttergebundene hat ideale Liebe nur für junge Männer empfinden können, wenn auch die dauerhaftesten Freundschaften offensichtlich nur mit Frauen möglich waren. »Knabenliebe ist mir ein Höchstes. Aber alle Sexualität zu Knaben ist mir krank«, so die Selbstauskunft Wenses. Leo Spies war einer davon, den die Musiklexika noch verzeichnen, Kapellmeister beim Film und an den großen Berliner Opernhäusern, nach 1945 eine wichtige Figur im Musikleben der DDR. Wenses letzte schwärmerische Liebe galt dem jungen Heinrich Dannehl, der ihn schwer enttäuschte.

In den Wirren der Revolution 1918/19 kommt Wense zur Erkenntnis seiner genialischen Begabungen. Er führt ein multiples Leben: Er spielt, als junger wilder Pianist berühmt, in großbürgerlichen Salons Schumann und Liszt, um anschließend auf revolutionären Versammlungen zuzuhören, mitzudiskutieren, auch zu reden. Er lernt Albert Einstein kennen, Clara Zetkin, Karl Liebknecht und Rosa Luxemburg, Erich Heckel und Georg Kaiser. Die entsprechenden Seiten der *Geschichte einer Jugend* gehören zu den intensivsten und sprachmächtigsten Zeitzeugnissen über jene Wochen und Monate in Berlin.

In einem Brief gibt Wense eine eruptive Darstellung der Beschießung des von Matrosen besetzten Berliner Schlosses im Dezember 1918: »Um 1 rase ich in die Stadt. ›Das Schloß brennt! 60 Tote.‹ Mein Herz knattert … Der Lustgarten voller Menschen. Da – das Schloß. Gräßlich zerstört … Vor dem Denkmal unseres alten Kaisers liegen zertrümmerte Säulen. Ein Leierkasten trällert Operetten, wo vor 20 Minuten mit Kanonen gewittert wurde. Heller Sonnenschein. Trupps verwundeter Matrosen mit Cigaretten. Feldküchen. Die Universität ein riesiges Feldlager. Hochs auf Liebknecht. Auf Ebert (schüchterner). Bebende Frauen mit ausgehöhlten Backen. Haß erbricht sich aus ihrem vertrockneten aber prasselnden Maulwerk. Ich umarme in Gedanken die Matrosen der ganzen Welt … Ein Giebel raucht. Balkons haben schlappgemacht. In mir gehen ganze Sonnensysteme auf und ab … Fetzen roten Tuches heulen. Rote Gardinen schlagen wie erstarrte Flammen aus hohlen Fensterrahmen. Soldaten am Eingang fluten noch gegeneinander.«

Wense fällt auf, schon dadurch, daß er fast zwei Meter groß ist, unter den kurzgeschorenen Haaren drängen brennende Augen und eine fleischige Nase hervor, sein Kopf hat etwas von einem ins Ostseemäßige verschobenen Georg Trakl. Was in ihm wütet und gärt, kommt dennoch nur partiell nach außen. Seine Tagebücher und Briefe künden es in einer Sprache, die vom Expressionismus affiziert ist, auf jeden Fall, und das macht die Lektüre der *Geschichte einer Jugend* so aufregend, durchgehend eines verrät: Dieser Mann ist ein Dichter, wenn auch ohne poetisches Werk.

Es gibt da Porträts von Zeitgenossen, die an blitzartiger Erhellung kaum zu übertreffen sind. Wense lernt den Dramatiker Georg Kaiser kennen: »Dieser Umgang ist sehr gefährlich. Er hat die Seele eines Kindes und eines Verbrechers. Eine wissende Unschuld, die bereit ist, alles zu verspielen. Wir verstehen uns zu tief. Vor andern macht er den Snob oder den berühmten Dramatiker, den Philosophen. Aber wir allein: da hat kein Ding seine Stelle. Wir versetzen alles. Auf dem Leihamt der Phantasie.« Oder der erste Eindruck von Hermann Scherchen, dem Dirigenten und Motor der neuen Musik: »Eine Glastür geht auf. Da ist er: fett, etwas schwitzig, allegro con muoto. Eine steile Falte über den Augen, wie Fischer sie haben durch Blendung des grellen Wassers, ein aufrechter Taktstrich zwischen den Notenlinien, die das Gesicht rastern; er teilt, ordnet, dirigiert.«

In Wense arbeitet es, eruptiv-vulkanisch. Im August 1919 schreibt er aus Schwerin an seine mütterliche Freundin Elisabeth Mayer. »Ich habe mich hierher geflüchtet für 4 Wochen – sehe keinen, höre nichts, brenne auf in Arbeit. Jetzt sitze ich 10 Stunden am Flügel und instrumentiere. Zwischendurch Ausflüge ans Meer. Die Weltrevolution – keiner bewegt sie tiefer als ich. Aber das genügt mir nicht. Ganz neue Hingaben, ganz neue Unerhörtheiten müssen geschaffen werden. Einmal muß die Sonne grün aufgehn und nach Schmalz stinken – Straßenbahnen müssen sich prügeln, wo ist die Bigamie der Akkusative, wo der Masochismus der Matjesheringe? Alles Mögliche – möchte ich nicht. Aber alles Unmögliche.«

Und was komponiert Wense? Es entspricht diesen Vorgaben: Eine Groteske *Ich hatt einen Kameraden* für Klavier trägt die Vortragsbezeichnung »Vollkommen brutal; verstiegen straff in den Rhythmen (jeder Ton ein gezackter Accent) und recht vorwärts«, und dann gibt es noch eine *Musik für Klarinette, Klavier und freihängendes Blechsieb*. Der führende Berliner Musikkritiker Oskar Bie kann nicht umhin, als Eduard Erdmann Anfang 1920 in einem Konzert Busoni, Bartók und Wense spielt, anzuerkennen, daß Wense zwar alles an Extremismus in den Schatten stelle, aber daß man doch durch die seelische Intensität dieser Musik gebannt sei.

Der Beginn einer bedeutenden Komponistenkarriere zeichnet sich ab. Ein bekanntes Foto von den Donaueschinger Musiktagen 1922 (das führende Festival der neuen Musik) zeigt Wense direkt neben Paul Hindemith und Ernst Křenek, aber gerade in diesem Jahr fällt Wense mit neuen Liedern durch. Zwar mangelt es ihm, der einen bekannten Bariton selbst begleitet, nicht an der bei ihm gewohnten Intensität (Křenek erzählt bewundernd, daß man nach dem Vortrag die Klaviatur reinigen mußte, denn Wense hatte sich die Finger blutig gehämmert: »jeder Takt war Dynamit«), aber er hatte seinen Kompositionsstil inzwischen so geändert, daß seine Mitkämpfer an der Front der Avantgarde ihn kaum wiedererkannten.

Wenses brodelnde Natur hatte sich aus dem brodelnden Berlin herauskatapultiert; er war an die Ostsee geflohen, nach Warnemünde. Er blieb an der Ost- und dann Nordsee mit wechselnden Wohnsitzen bis zum Anfang der dreißiger Jahre, wechselte dann, von einem einzigen Zugaufenthaltsblick an der Weser gefangen, ins nördliche Hessen und beschloß sein Leben in Göttingen. Wense lebte diese rund vierzig Jahre allein, von zahlreichen Reisen unterbrochen, er lebte das Leben eines mönchischen Einsiedlers und Wanderers, eines peripatetischen Privatmystikers. Von nicht ganz ferne erinnert das an Stefan George: die Knabenliebe, die Reiseexistenz, nur daß Wense keinen Kreis, geschweige denn einen »Staat« um sich scharte, so sehr er auch auf einen Freundeskreis rechnen konnte, der ihn, den nahezu Bedürfnislosen, immer wieder unterstützte, denn der Mönch ohne Orden verbrachte den größten Teil seines Lebens ohne festes Einkommen.

Wense wühlt sich in die Natur ein und hält das in Schilderungen fest, die hinter Loerke und Jahnn nicht zurückstehen: »Ich ging in die Heide. Es ist eine mächtige Wildnis. Birken und Eichen. Moore überspielt von Lerchen. Schmale schwarze schneckige Kanäle unterbrochen von unartigen Fröschen. Breite Lichtungen mit dem verschollenen Geruch von Anemonen. Immer dahinter das alles übertönende Meer. Wilde abgesplitterte Kronen und Borken, drei Männer mit donnernden Lunten, aufprasselnde Krähen. Ich kam in eine laute Wiese mit Stauden und auf jeder Staude schaukelte ein weißes eingespeicheltes Netz und in jedem Netz eine eingeschlafene Spinne. Ich fand ein mulmiges Holz, brach es und roch Schellack und Sandel. Ich kam an eine angelehnte Tür und trat in ein Gehöft aus Stroh und Dung wo ein Hund nach mir schlug, und der Bauer ging hinter seinem Pflug. Das alles hat seine Art. Es ist meine Art. Ich suche mein Glück in den Katarakten, aber es ist in einem Strohdach.«

Wense studiert den Himmel und seine Erscheinungen, er bildet sich autodidaktisch zum Astronomen, später auch zum Astrologen. Seinen alten Freunden fällt es schwer, ihm zu folgen, wenn er ihnen seine beiden großen Projekte der zwanziger Jahre zu vermitteln sucht: eine Weltgeschichte des Wetters und ein Erdbebenkatalog mit allen Erdbeben seit 1500 und den Horoskopen für diese Erdbeben. Daß Wense nicht mit normalen Maßstäben zu messen war, bemerkten nicht nur seine Bauern- oder Fischernachbarn in Warnemünde. Křenek geht so weit, von Anflügen echten Wahnsinns zu sprechen, aber das hindert nicht die Bewunderung.

Um 1930, zusammenfallend mit dem Verlassen Norddeutschlands, verschwindet Jürgen von der Wense aus dem Rest an Öffentlichkeit, der ihm noch, fragmentarisch und sporadisch genug, verblieben war. Auf wochenlangen Wanderungen, extrem in Tempo und Ausdehnung, erkundet er die nord- und mittelhessische Landschaft; seine Studien weiten sich ins Unüberschaubare und Nichtmehrbeherrschbare. Er überträgt älteste irische Dichtungen, er erarbeitet eine Neuübersetzung des Laotse, sammelt Märchen, Musik und Gesänge eines togolesischen Eingeborenenstammes, häuft Material zu historischen, prähistorischen und genealogischen Darstellungen, sei es zu den sächsischen Königen, sei es zu dem Glasmacher Johann Kunkel.

»Ich inventarisiere die Schöpfung«, sagt er, und wie bei so manchen Versuchen, dies zu tun, fallen irgendwann die Begrenzungen des Sinnvollen und Machbaren. Ob man das gewaltige nachgelassene Sammelwerk als Sammelsurium oder als spezifisch Wensesches Universum ansieht – das können nur die beurteilen, die Einblick genommen haben. Soviel jedoch steht fest: Die publizierten Briefe und Tagebücher geben keinen Anlaß, die Křeneksche Diagnose des Anflugs von Wahnsinn zu bestätigen. Das Dritte Reich sah den Einzelgeher Wense in strikter Distanz. Sein Kommentar zum Geschehen ist in einem »Poesiealbum« überliefert, das aus der sinnfälligen Collage von Zeitungsausschnitten besteht, die den Geist der Zeit getreulich abbilden, aber auch sich selbst kommentieren.

Nach dem Ende des Krieges flackert auf kleinster Flamme noch einmal etwas auf: Kompositionen Wenses werden in Göttingen aufgeführt, kurze Texte erscheinen, dann aber versinkt er endgültig im Dunkel einer äußerlich obskuren Existenz, die an Grillparzers armen Spielmann erinnert, von der aber die wenigen Freunde berichten, daß er keinerlei Zeichen von Verbitterung und Enttäuschung zu erkennen gab. Das letzte veröffentlichte Foto von ihm ist kennzeichnend: Eine schmale Gestalt in Wanderkleidung geht weit entfernt und in Rückenansicht durch die Straßen einer hessischen Kleinstadt, wie um sich für immer dem Blick des Betrachters zu entziehen.

Für Wenses Geisteshelle spricht nicht zuletzt diese Selbstcharakteristik des Jahres 1939: »Ich bin wohl ein mehr schöpferischer Mensch, nicht eigentlich aber ein Gestalter. Deswegen bin ich auch immer unwillig gewesen gegen das erdachte Produkt und den Roman. Meine Kraft ist sehr reich zu erleben und das zu vermitteln, mir sehr leicht zu finden Köstlichkeiten unter Moder und Stein. Mein großer Nachteil ist eine innere Überblendung oder Überschwang durch mich *selbst*. Zuviel *Ich*. Und so das Romantische, das Fragment, der Einzeleinsatz mir als Form gegeben, eigentlich das Anonyme und was ich auch schrieb, es ist Tagebuch eines Unbekannten, Briefe an eine Geliebte, irgendwo gefunden, aber nicht Buch so und nur so und von genau dem und dem.«

Jürgen von der Wense gehört zu den großen Einzel- und Untergehern der deutschen geistigen Überlieferung; einem Lenz, einem Grabbe ist er verwandt, in seiner Einsamkeit an Nietzsche denken lassend, nur all dies ohne »Werk«, ein Mann mit vielen Eigenschaften, enormen Talenten, ein genialischer Schwarmgeist und Wandermönch –, sagt man zuviel, wenn man ihn für eine zutiefst deutsche Erscheinung hält? Botho Strauß: »Dieser erstaunliche Sonderling, dieser absolute Nichtliterat gehört an hervorragende Stelle in jene überfällige Geschichte der geheimen deutschen Literatur, von der ich immer träume.«

Vielleicht geht es nicht darum, daß, wie der nüchterne Křenek bemerkte, die bestürzend vielfältige Ansammlung schöpferischer Gaben bei Wense keine nutzbaren Resultate zu zeitigen schien. Wense vermittelte offensichtlich mit extremer Glaubwürdigkeit den Eindruck, und auch das fügt Křenek hinzu, daß sein Leben sich in einer so einzigartigen und entlegenen Sphäre abzuspielen schien, daß die Frage nach nutzbaren Resultaten nebensächlich und unangemessen war. Daß Jürgen von der Wense mehr als ein abstruser Sonderling war, bezeugt die *Geschichte einer Jugend* in ihrer überquellenden Sprachkraft und ihrem aufgewühlten und aufwühlenden Bilderreichtum.

Jürgen von der Wenses *Geschichte einer Jugend* erschien 1999 bei Matthes und Seitz. Dort 1987 auch eine Sammlung von Aphorismen und Fragmenten *Epidot* und 1993 die Zeitungsausschnittsammlung aus dem Dritten Reich *Blumen blühen auf Befehl*. Gerade ist bei Zweitausendeins eine zweibändige (durch einen Begleitband ergänzte) Edition der Briefe Wenses erschienen (über 800 von mehr als 3000 erhaltenen), herausgegeben von Reiner Niehoff und Valeska Bertoncini. Da seine Briefe immer wieder als das eigentliche Werk Wenses angesehen wurden, trägt die Edition mit einer gewissen Berechtigung den Titel *Von Aas bis Zylinder. Werke 1/2*. Ebenfalls bei Zweitausendeins erschien gleichzeitig die Biographie Wenses von Michael Lissek.

THOMAS STEINFELD, geb. 1954, ist leitender Redakteur im Feuilleton der *Süddeutschen Zeitung*. Zuletzt ist erschienen *Der leidenschaftliche Buchhalter* (2004).

LEE SIEGEL, geb. 1957, ist Fernsehkritiker der Zeitschrift *The New Republic*, schreibt regelmäßig Buch- und Kunstrezensionen für *The Nation* und *Slate*. – Der Beitrag ist unter dem Titel *The Attraction of Repulsion* in *The New Republic* (13. Dezember 2004) erschienen. © 2004, The New Republic, LLC.

HELMUT LETHEN, geb. 1939, Professor emeritus für Literaturwissenschaft an der Universität Rostock. 1994 ist erschienen *Verhaltenslehren der Kälte*. – Der Beitrag ist die gekürzte Fassung eines Vortrags, gehalten am 25. Januar 2005 in der Carl Friedrich von Siemens Stiftung, München. helmut.lethen@philfak.uni-rostock.de

HARALD HARTUNG, geb. 1932, Lyriker und Essayist. 2002 ist der Gedichtband *Langsamer träumen* erschienen. – Entnommen dem Band *Aktennotiz meines Engels. Gedichte 1957–2004*, der im Sommer bei Wallstein in Göttingen erscheinen wird.

CHRISTIAN DEMAND, geb. 1960, Journalist beim Bayerischen Rundfunk, Gastprofessor für Philosophie an der Universität für angewandte Kunst, Wien. 2003 ist erschienen *Die Beschämung der Philister. Wie die Kunst sich der Kritik entledigte*.

RAINER HANK, geb. 1953, leitet die Wirtschaftsredaktion der *Frankfurter Allgemeinen Sonntagszeitung*. 2004 ist erschienen *Bubenstücke. Vom Unsinn der Wirtschaftspolitik* (Mitautor).

WULF SEGEBRECHT, geb. 1935, Professor emeritus für Literaturwissenschaft. 2005 ist erschienen *Was Schillers Glocke geschlagen hat. Vom Nachklang und Widerhall des meistparodierten deutschen Gedichts*.

RAINER ROTHER, geb. 1956, Leiter der Kinemathek im Deutschen Historischen Museum, Ausstellungskurator. Herausgeber des Katalogs *Der Weltkrieg 1914–1918. Ereignis und Erinnerung* (2004). rother@dhm.de

FRIEDRICH DIECKMANN, geb. 1937, Schriftsteller und Publizist. 2005 ist erschienen *»Diesen Kuß der ganzen Welt!« Der junge Mann Schiller*.

HELLMUT FEDERHOFER, geb. 1911, Professor emeritus für Musikwissenschaft an der Universität Mainz. 2002 ist *Neue Musik als Widerspruch zur Tradition* erschienen. hellmut@federhofer-mz.de

JENS MALTE FISCHER, geb. 1943, Professor für Theaterwissenschaft an der Universität München. 2003 ist die Biographie *Gustav Mahler. Der fremde Vertraute* erschienen.

Im nächsten Heft:

Siegfried Kohlhammer
Konfliktregion Ostasien. Seit hundert Jahren kollidieren hier die Interessen großer Mächte

Mark M. Anderson
Die Kinder und der Holocaust. Eine amerikanische Geschichte

Hubert Markl
Ein sehr persönlicher Rückblick. Das Forschungsprogramm zur Geschichte der Kaiser-Wilhelm-Gesellschaft im Nationalsozialismus

Christopher Baethge
Zweiter werden. Von Niederlagen und ihren Gründen

Bezugsbedingungen: Der Merkur erscheint monatlich, im Sept./Okt. als Doppelheft. Die Zeitschrift kann durch jede Buchhandlung oder unmittelbar vom Verlag bezogen werden. Preis des Einzelheftes EUR 10 (D) / sFr 18,40; des Doppelheftes EUR 18 (D) / sFr 32,40; im Abonnement jährlich EUR 98 (D) / sFr 163; für Studenten gegen Vorlage einer Bescheinigung EUR 72 (D) / sFr 120. Private Abonnenten, die direkt über den Verlag beziehen, erhalten bei Nachbestellung jedes lieferbare Heft zum anteiligen Abo- bzw. Abovorzugspreis. – Falls die Lieferadresse von der Rechnungsadresse abweicht, fallen zusätzliche Kosten von EUR 0,35 (D) je Heft und Lieferung an. Der Abonnementpreis ist jährlich im voraus fällig (bitte die Rechnung abwarten). Gerät der Kunde mit der Bezahlung einer Rechnung in Verzug, so werden damit alle unsere noch offenstehenden Rechnungen sofort fällig. Gerichtsstand ist Stuttgart. Alle genannten Preise enthalten die zum Zeitpunkt des Kaufs gültige Mehrwertsteuer. In Drittländern (außerhalb der EU) gelten die angegebenen Preise netto; alle Preise jeweils zuzüglich Versandkosten. Die Kündigung des Abonnements muß spätestens vier Wochen zum Ende des Bezugszeitraums in schriftlicher Form an den Verlag erfolgen. Ansonsten verlängert es sich automatisch um ein Jahr. Die Mindestbezugsdauer beträgt ein Jahr.

Manuskripte: Für unverlangt und ohne Rückporto eingesandte Manuskripte wird keine Gewähr übernommen.

Verlag: J. G. Cotta'sche Buchhandlung Nachfolger GmbH, Postfach 106016, 70049 Stuttgart, Tel. 0711/6672-0

Anzeigenverwaltung: Friederike Kamann, Tel. 0711/6672-1225, Fax -2032. Gültig ist die Anzeigen-Preisliste Nr. 19 vom 1. 1. 2004. Verantwortlich für den Anzeigenteil: Rainer Just.

Abonnementverwaltung: Friederike Kamann, Tel. 0711/6672-1225 (bitte Kundennummer angeben); Thomas Kleffner, Klett-Cotta, Zeitschriften, Rotebühlstr. 77, 70178 Stuttgart, Tel. 0711/6672-1648, Fax -2032, e-mail: th.kleffner@klett-cotta.de

Satz: TypoScript, Waldorf & Deiser, München. Druck und Einband: Ludwig Auer, Donauwörth.

Redaktionsschluß: 4.5.2005

ISSN 0026-0096 NC N NCA